ESPUMA

KARLA SUÁREZ

Karla Suárez
Espuma

La Pereza Ediciones

Espuma
© *Karla Suárez*

© De esta primera edición 2024,
La Pereza Ediciones, USA
www.lapereza.net

Directores de la colección:
Greity González Rivera
Dago Sásiga

ISBN: 978-1-6237524-1-5

Autora representada por Silvia Bastos, S.L. Agencia literaria

Diseño de los forros de la colección:

Estudio Sagahón / Leonel Sagahón

www.sagahon.com

Portada y Maquetación Julián Herrera

ESPUMA

KARLA SUÁREZ

LA
PE
RE
ZA
EDICIONES

A VEINTICINCO AÑOS DE "ESPUMA"

Karla Suárez

C uando se publicó *Espuma*, en 1999, no podía imaginar que veinticinco años después estaría redactando unas líneas para presentarlo en una nueva edición. Me alegra celebrar su cumpleaños.

Espuma es mi primer libro e incluye cuentos que escribí entre fines de los ochenta y 1997. Yo ya vivía fuera de Cuba cuando se publicó, así que no tuve un primer contacto con los lectores pero, poco a poco, me fueron llegando ecos. Los cuentos *El ojo de la noche* y *En esta casa hay un fantasma* fueron adaptados a la televisión, el primero dirigido por Carlos Medina y el segundo por Rosaida Irízar y Susana Pérez. *Aniversario* ya había sido llevado al teatro por Cecilio S. Valdés con el Centro Dramático de Cienfuegos. El libro se publicó también en Colombia y, luego, en Francia.

Aunque yo ya no sea la muchacha que escribió estos cuentos, ella sigue dentro de mí. Por eso al releerlos vuelvo a ver a la de entonces, en La Habana, y puedo recordar perfectamente cómo nacieron algunos de ellos.

Me veo caminando por la Avenida 41 y, justo al pasar frente al Salón Rosado de La Tropical, paraíso de la música cubana bailable, pienso en cabellos largos y me viene una frase: "ellos hacían trenzas los sábados por la tarde". No sé qué extraña asociación habrá hecho mi mente porque el pelo largo era cosa de rockeros, nada que ver con La Tropical, pero lo cierto es que con esa frase en la cabeza seguí caminando y esa noche escribí *Ritual*.

Una vez llegué a casa de unos amigos y acababan de regalarles un telescopio, así que por un buen tiempo el entretenimiento de quienes visitamos esa casa fue mirar por aquel telescopio a todas partes: al cielo, a los vecinos. Esto me llevó a escribir *El ojo de la noche*.

A mediados de los 90', como ya había publicado en alguna que otra revista, me invitaron a participar en una antología donde debíamos escribir cuentos a partir de fotos de artistas cubanos. A mí me dieron dos, las colgué en mi pared y durante días estuve mirándolas para descubrir qué historia podían esconder. Finalmente, la antología nunca se publicó, pero yo escribí los cuentos. Una de las fotos me sigue resultando inquietante. Su autor es Juan Carlos Alom y no tiene título. De ella nació *Un poema para Alicia.*

Sigo releyendo y mirándome. La literatura es la perfecta máquina del tiempo. Me veo yendo sola al cine (eso me encantaba), y sentándome a la derecha en la parte de arriba, donde casi nunca había nadie. Y veo al perro y a los gorriones y al cartucho que llené de espuma cuando era niña. Y a todos esos recuerdos amalgamándose para escribir un cuento donde casi todo tiene que ver conmigo menos la historia que narra. Y me veo viviendo en casa de una amiga que se llama como yo. Y contemplando el retrato de Cortázar, colgado en mi pared. Y, ya tarde, esperando transporte en la parada de 23 y 24, con ganas de fumar y sin cigarros. Y escucho otra vez cosas que me contaron, historias de mujeres que sentí como si fueran mías, y vuelvo a conversar y a hacerme preguntas.

Como sucede con frecuencia, nuestras primeras historias concentran lo que desarrollamos después. En este libro están muchos de los temas que me han acompañado siempre: mujeres, machismo, obsesiones, muerte, el país. No he querido hacer grandes cambios para no traicionar a la que fui, así que aquí van los cuentos. De fondo suenan la música que viene de una walkman y el ruidito de las teclas de una máquina de escribir.

ESPUMA

*Sonrió ante la necesidad
masculina de construir ciudades
cuando es mucho más difícil
construir relaciones; ante la
necesidad masculina de inventar,
de circunnavegar el espacio,
cuando es mucho más duro
superar la distancia existente
entre dos seres humanos; ante la
necesidad masculina de crear
sistemas filosóficos, cuando es
mucho más duro comprender
a un ser humano.*

ANAÏS NIN

EL OJO DE LA NOCHE

Para Ode y Alfredo, por el motivo.

P orque todo tiene un comienzo y casi siempre uno se empeña en descubrirlo. Es ese obstinado empeño en definir las causas que anteceden a las consecuencias y como no siempre quedan claras o acaso no queremos verlas claras, entonces uno las inventa, las viste, les pone éste u otro nombre, se fijan fechas y todo queda concluido: todo comenzó aquel día.

Todo comenzó el día en que Jorge llegó a casa con el telescopio. Siempre he sido de costumbres nocturnas, me gusta deambular por la casa a oscuras, tantear para sortear los muebles hasta aprenderlo todo de memoria. A Jorge esto no le gusta, pero siempre he sido así. A él le gusta dormirse sintiendo mi cuerpo junto al suyo. Yo lo complazco y me tiendo a su lado después que hacemos el amor, me pongo a mirar al techo y espero a que se quede dormido para levantarme.

Es que la noche me fascina, no sé por qué no lo entiende.

Aquel día se apareció en casa con un telescopio, dijo que un amigo se lo había regalado y podría entretenerme contando estrellas. La idea me gustó. A partir de aquel día, antes de dormir me sentaba en el balcón a mirar, ciertamente, las estrellas. Jorge se acercaba, colocaba su ojo, algo decía y un rato después me invitaba a dormir. Vamos a dormir significaba vamos a hacer el amor, y él comenzaba a quitarse las ropas hasta llegar desnudo a la cama desde donde gritaba que se arrepentía de haber traído el aparato, que yo no era astróloga ni iba a descubrir un nuevo cometa y que si quería ver las estrellas, él podía ayudarme. Jorge es así.

Entonces mis madrugadas fueron un tanto diferentes, ya no solo vagar y asomarme a ver la calle. Con el telescopio podía observar las constelaciones, podía ver el barrio más allá de lo que alcanzaba mi vista. Mi balcón da a una avenida por la que rara vez transitan autos de madrugada. Más allá hay casas y edificios, un parque lleno de faroles rotos, callecitas que se pierden entre árboles. Yo podía verlo todo. Me convertí en el fisgón del barrio, en el ojo de la noche, y resultaba curioso pensar que en ese momento alguien pudiera estar mirándome con otro telescopio. Nunca estamos solos. La oscuridad es un cómplice con demasiados rostros.

Una de esas noches estaba recorriendo los edificios con la vista, y entonces lo vi recostado al balcón. Un hombre joven, fumando despacio y mirando hacia la avenida como quien no mira nada, como quien espera acabar el cigarro para irse a dormir. Nunca lo había visto, y por eso me llamó la atención. Tal vez tendría la misma manía que yo, o quizás sencillamente había tenido un mal día y no conseguía el sueño, yo qué sé, el ojo de la noche tiene sus límites de alcance. El caso fue que lanzó el cabo del cigarro y continuó recostado. Me dediqué a observarlo. Posiblemente seríamos sólo él y yo los testigos de la noche, es bueno saberse acompañado en una empresa aunque ésta parezca totalmente absurda. El hombre volvió a fumar. Detrás de su balcón había una puerta y una ventana de cristal con las cortinas abiertas, la habitación a oscuras. No podía descubrir si adentro alguien roncaba, como Jorge del lado de acá, y en realidad no importaba tanto. El hombre estuvo recostado un buen rato, en ese tiempo fumó tres cigarros y, justo al lanzar el último, se incorporó, estiró el cuerpo y entró en la habitación. Bastante aburrido, pensé, así es que me olvidé de los vecinos y continué con las estrellas hasta que el amanecer me lo impidió.

La siguiente noche fue como de costumbre. Jorge sudando encima de mi cuerpo y yo acelerando el movimiento para dejarlo exhausto. Luego la pausa. El suspiro final y Jorge echándose a mi lado boca abajo, murmurando un diminuto "hasta mañana". Tiempo de tregua para entonces levantarme, contemplarlo en su respiración serena y salir al balcón. El barrio como siempre, tranquilo. Yo espiando detrás de mi ojo de cristal, como Corrieri en *Memorias del subdesarrollo*. Es curioso, uno se pone a mirar y la cabeza se llena de imágenes dispersas; si pudiera recoger en una cinta todo lo que pasa por mi mente en cada madrugada, escribiría una novela, o un tratado de sociología, o quizás, no sé, uno se pone a pensar en tantas cosas... Pensé en el insomne de la noche anterior, su balcón estaba a oscuras, seguramente dormía como todos, como Jorge, que duerme apacible en mi cama. ¿Y por qué en mi cama? Porque es así, desde hace un tiempo es así. Primero eran salidas eventuales, nos veíamos, él se quedaba en casa algunas noches, cada vez más seguido, un día traía un pantalón, otro dejaba una camisa, y así la casa se fue llenando de Jorge que duerme mientras yo pienso mirando las ventanas del lado de allá.

En una de ésas descubrí una luz que se encendía en el edificio. Un acontecimiento en la madrugada y el apartamento del hombre de la noche anterior estaba dentro de mi ojo. Las cortinas de la ventana permanecían abiertas. Cuando se tiene algo que ocultar uno se cuida de cerrar las ventanas, pero él no sospechaba mi presencia. Entró seguido de una mujer, una flaca de pelo largo que sonreía todo el tiempo. Un hombre y una mujer en la intimidad con entrada libre a los curiosos. Si Jorge despertaba iba a acusarme de pervertida o tal vez me arrebataría el telescopio, nunca se sabe las cosas que pasan por la mente ajena. A mí me resultó atractiva la idea de seguir mirando y vi cómo la flaca se quitaba la ropa mientras él bebía de la botella que traía en la mano. Nunca he visto una película pornográfica, así es que la idea resultaba interesante. Ella se tiró en la cama y dejó de ser visible;

él se quitó la camisa, encendió una pequeña lámpara y apagó la luz. Prohibido para curiosos. El apartamento convertido en una luz muy tenue donde seguramente un hombre y una mujer hacían el amor como Jorge y yo antes de que Jorge se duerma.

Pasó un buen rato y vi a mi vecino levantarse, bebió nuevamente de la botella, se puso un short y fue a fumar al balcón. Exactamente igual que la noche anterior, mirando la nada de las calles. Seguramente la mujer dormía y él, insomne como yo. Él fumaba, botaba el cabo y al rato encendía otro cigarro, mirando las calles como yo de madrugada. Me gustaría saber qué piensan los demás cuando se quedan callados, fumando en solitario. Jorge nunca hace esas cosas, estamos juntos en las noches, solamente las noches. Conversamos algo, él cuenta cosas, dice que está cansado y aburrido, yo lo escucho. En realidad no estamos enamorados, no vivimos juntos, su ropa en casa no significa para nada que vivamos juntos. Pero estamos aquí la mayoría de las noches haciendo el amor hasta que me da la espalda y se queda dormido. ¿Por qué siempre se dice hacer el amor? Hay otras formas de decirlo, claro, pero no me gustan. ¿Estaría haciendo el amor el hombre de enfrente? Yo qué sé. El hombre fumó unos cuántos cigarros y se fue a la cama, apagó la luz y no ocurrió nada más en toda la noche.

Una semana después estaba más que convencida de que el hombre de enfrente padecía de insomnio y además no hacía el amor, porque no se puede estar enamorado cada noche de una mujer distinta. Su rutina era un círculo cerrado: una mujer, la lamparita del cuarto y un rato después a fumar al balcón, como cada madrugada. Era exacto, cigarro tras cigarro que lanzaba a la calle mientras la mujer dormía, como Jorge. Pensé que quizás sería interesante llegar a su casa en la mañana y convidarlo a que pasáramos la noche juntos. Hasta podría mostrarle mi telescopio y quizás descubriéramos algo. Una idea tonta, claro, porque cuando uno escoge la madrugada para recostarse al balcón es porque quiere estar solo y la evidencia de alguien espiando es inadmisible. Pero ese hombre me resultaba extraño. ¿Por qué esa manía de fumar y fumar callado, ponerse a mirar la calle como si la calle le aplaudiera las conquistas, esa cara cansada y la falta de sueño? No sé, los hombres no soportan estar solos. Él llenaba sus noches de mujeres y luego, ¿qué? ¿Qué nos cura del gusto del vacío? Uno se recuesta al balcón y es cuando de repente todas las verdades se escapan de las máscaras. La noche es el gran espejo. Uno se empeña en construir el todo con remiendos, como partes de un mosaico infinito, pero algo sucede cuando estos subterfugios se convierten en bufones burlándose de nosotros. ¿Qué hacía Jorge en mi cama? Además de dormir, darme la espalda y dormir después de haber sudado sin amarnos, porque Jorge duerme en mi cama y ronca y antes de irse a trabajar desayunamos juntos y luego regresa y es otra noche y otra noche más yo ante el ojo de cristal viendo cómo el de enfrente fuma, hace el amor y fuma, se recuesta al balcón y pasa sus manos por la cara mientras tira el cabo hacia la calle. En una de ésas coloca el cabo en el balcón y se lanza él a ver si algo sucede, como yo, esperando cada noche que algo distinto suceda, un algo diferente que no sea Jorge boca abajo como las mujeres del apartamento de enfrente y, ¿acaso no será lo mismo? El vecino al menos cambia de rostro y quién sabe si en una de ésas...

Comencé a obsesionarme. Cada vez me apartaba más pronto del lado de Jorge para irme al balcón. Él comenzó a molestarse preguntando qué tanto hacía yo en las madrugadas y protestando cuando le inventaba alguna excusa para no hacer el amor. Las mujeres tenemos excusas formidables. Al final se quedaba dormido y podía irme ante el ojo de la noche a esperar que se encendiera la lámpara del apartamento de enfrente.

Una noche ocurrió el milagro. Mi vecino encendió la luz seguido por una nueva mujer. Ella entró, tiró la cartera y dio varias vueltas por la habitación, mirando los adornos, comentando cosas inalcanzables para mis oídos. Él se acercó a la cama, encendió la lamparita y se fue a apagar la luz, en el mismo instante en que la mujer dio la vuelta en dirección al balcón. Mi vecino la siguió y ambos se recostaron sobre la reja a conversar.

Era extraño, aquella mujer reía y hablaba todo el tiempo, él la miraba y sonreía. Supuse que estaría harto de tantas palabras y deseoso, como cada noche, de irse a la cama para luego dejarla dormida y correr al balcón, pero no parecía incómodo. Ciertamente, no parecía molesto ni esquivo, como yo horas antes, cuando Jorge me besaba. El hombre no parecía fastidiado, fumaba y escuchaba a la mujer, que siempre sonreía y a veces se quedaba seria, suspiraba y entonces recomenzaba a hablar. ¿De qué estarían conversando? No sé, mi telescopio es sólo un ojo mágico, no basta ver para estar adentro. Lo único que verdaderamente podría concluir es que me resultaba incómodo verlos ahí horas y horas conversando, mientras este hombre de cada noche dormía en mi cama, a ratos tosía, y era cuando yo percibía su presencia. Sí, porque si Jorge no hiciera ruido en toda la noche, entonces podría afirmarme categóricamente sola, pero Jorge roncaba y tosía. Físicamente no estaba sola. Físicamente había dos cuerpos en mi apartamento, ocupando cada cual su espacio, que coincidía únicamente en el momento justo que separa el "vamos a dormir" de Jorge y su quedarse dormido. ¿Qué hacía entonces allí cada noche mientras yo hurgaba en la madrugada de los apartamentos de enfrente? Del apartamento donde el hombre y la mujer continuaban charlando. A ratos él decía algo y le pasaba la mano por el rostro apartándole el pelo de la cara. Parecía que me habían cambiado de vecino, pero era el mismo, mi telescopio lo conocía perfectamente. Ellos conversando. Yo, la espía. El ojo delator que acecha a los confabulados, aquellos que se hablan muy bajito, y se examinan para sentirse así, mero conquistador, ganador de territorios por derecho propio. Por los cientos de minutos que forman horas hasta que empezaron a cantar los gallos -los gallos cantan mucho antes del amanecer, eso Jorge no lo sabe porque no es insomne-. Ella estiró su cuerpo, él dijo algo y caminaron hacia el interior del apartamento.

Pasados unos minutos, alguien apagó la luz de la lamparita y él reapareció en la puerta, pero esta vez distinto. No se apoyó en el balcón a fumar y observar la calle que ya debe saberse de memoria. Se recostó en la puerta, con la mirada hacia adentro, hacia el lugar en que yo sé que está la cama.

Me hubiera gustado hacer lo mismo. Me hubiera gustado abandonar mi posición, estirar la espalda y mirar hacia adentro, pero no tendría sentido. Adentro sólo iba a encontrar a Jorge, tendido boca abajo a un lado de mi cama, a poco de despertar y pedir el desayuno. Por eso, preferí quedarme allí para ver cómo él dejaba de mirarla y se sentaba en el piso del balcón, frente a mí, recostando la cabeza contra la pared y sonriendo, sin fumar, sin nada de lo común que tan bien conocemos él y yo. Estuvo un rato así hasta que en el marco de la puerta apareció la mujer con el pelo suelto, descalza y en pulóver. Se agachó frente a él y quedaron largamente mirándose, yo lo sé. No importa que su espalda se interpusiera en mi mira. Tampoco importa que no viera sus rostros cuando ella se sentó y las manos del hombre aparecieron en su pelo. Ya no importaba ver, no importaba mi ojo telescópico ni mi carencia de audífonos para escuchar lo que quizás no fueran a decirse. Él la acercó hacia sí y supe que se besaban sin importar que yo mirara desde acá. Yo, ¿qué era? ¿Qué podía determinar? Nada, absolutamente nada, conclusivamente nada.

Yo era la espectadora que se seca tímidamente las lágrimas mientras el encargado del proyector recoge las cintas. No era nada, por eso se besaron. Él la abrazó muy fuerte y quedaron así, intactos y felices. Yo también fui feliz, curiosamente feliz de verlos. Ella recostándose sobre él y yo viendo sus rostros, sonriendo, él besándole la oreja mientras la mujer viraba la cabeza para besarlo y quedarse así, tan quietos, murmurando cosas al oído para esperar el alba, asistir juntos al alba mientras Jorge dormía. Jorge, tan tonto, quien no es capaz de presenciar un nacimiento no puede comprender nada. Y yo asistí al nacimiento, estuve cuando el cielo empezó a clarear y los gorriones salieron de sus nidos y ellos se levantaron del piso.

Él estiró el cuerpo y colocó las manos encima de la reja del balcón para gritarle algo al día que empezaba, mientras ella lo miraba recostada contra la pared. Luego volvieron a abrazarse, él la tomó por la espalda y caminaron hacia adentro, fueron perdiéndose, corrieron las cortinas, alejándose de mí, de mi ojo de cristal lleno de la luz de la mañana, sin la tenue lamparita.

Me quedé en el balcón sorprendida por el amanecer, sin estrellas cómplices en mi afán de profanar espacios ajenos, sin el hombre y la mujer, que estarían tendidos en la cama, no sé si haciendo el amor, tal vez durmiendo, qué importa, pero él no volvió a levantarse, no volvió a salir a fumar como al final de cada madrugada. Me dejó sola esperando su regreso. Me dejó sola como estoy. Sola. Unos momentos sola y ya no hacía falta el ojo de la noche para descubrir los carros que comenzaban a transitar por la avenida, los viejitos sacando sus perros a orinar, los despertadores sonando, los radios anunciando las noticias matutinas y Jorge revolviéndose en la cama.

Cuando Jorge se levantó, yo aún estaba afuera.

—Oye, tú deberías buscarte una contratica de guardia nocturna, sería la perfecta, estás más loca... Ve preparando el desayuno, anda...

Se metió en el baño y continué en el balcón. Al rato salió con los pantalones puestos y la toalla colgando del hombro.

—¿Pero todavía estás ahí? Mijita, se ve que tú no tienes que trabajar temprano, ¿preparaste el desayuno?

Me recosté en la puerta y lo miré mientras se ponía los zapatos.

—Vete, Jorge.

Él siguió con los zapatos.

—Claro, me voy a trabajar, dale, prepara el desayuno, anda, para que te acuestes a dormir, tienes unas ojeras...

—No, Jorge, vete, quiero que te vayas.

Levantó la vista de mala gana.

—¿Qué pasa, mijita?

—Quiero que te vayas..., que lo recojas todo y no vuelvas..., que te vayas.

Jorge se incorporó y me miró con una semisonrisa.

—¿Qué pasa? ¿Las estrellas te están afectando la cabeza o qué? —no dije nada, él suspiró y se levantó caminando hacia mí con los brazos abiertos—. Vamos a ver, ¿qué le pasa a mi astróloga? ¿Estás muy cansada?

Esquivé su cuerpo.

—Estoy cansada de ti y, además, no soy astróloga.

Entonces se detuvo mirándome molesto.

—¿Qué es esto, chica?, ¿tú estás hablando en serio?

—Sí, quiero que te vayas, que lo recojas todo y me dejes sola, Jorge, que te vayas.

—¿Pero por qué?

Comenzó a impacientarse, en cambio yo estaba sedada como el amanecer. Me senté en la cama mientras él continuaba de pie a medio vestir.

—Dame una razón, Jorge, dame una sola razón para que tú y yo estemos juntos.

Levantó la cabeza mirando las paredes, hizo una mueca con la boca y entonces dio unos pasos apresurados para alcanzar la camisa.

—Mira, chica, son las siete de la mañana para que me vengas con esta historia; yo me voy a trabajar, luego hablamos. ¿Ok? —Negué con la cabeza y lo vi endurecer el rostro mientras alzaba la voz—. ¿Pero tú de verdad quieres que yo me vaya?

—Dame una razón para no hacerlo.

Jorge se detuvo unos segundos mirándome con odio, luego fue aflojando el rostro lentamente, ya sin mirarme, perdido en qué sé yo dentro de su cabeza.

—No sé... ¿Una razón?... No sé...

—Entonces vete.

Me levanté y volví a la puerta del balcón a observar la mañana que empezaba a llenarse de gente. A mis espaldas sentía la frialdad de sus ojos clavados en mí.

—Chica, pues pal carajo. —Comenzó a caminar de prisa y abrió el ropero—. De mejores lugares me han botado, pero cuando yo me voy, me voy completo, ¿oíste?...

No tenía que responder, no hacía falta. Seguí allí parada dándole la espalda, mirando cómo las cortinas del apartamento de enfrente continuaban cerradas mientras del lado de acá Jorge murmuraba palabras y no hacía falta verlo. Sabía perfectamente que tiraba sus ropas en el maletín, buscaba algo en el baño, y luego regresaba para cerrar el zíper con furia.

—... ¿me oíste?, por eso estás tan jodida, no hay quien soporte a una mujer que se pase la noche despierta, la noche se hizo para dormir y para templar, ¿oíste?, sigue así, que te vas a joder más de lo que estás, por eso me voy pal carajo de aquí...

Le di la espalda al balcón de mi vecino y miré a Jorge con el maletín en la mano.

—Se te queda esto. —Señalé el telescopio—. Es tuyo.

—Quédatelo..., yo para qué quiero esa mierda... Voy echando...

Jorge salió del cuarto dando un portazo a lo *Casa de muñecas*. No quiso llevarse el telescopio. Pensó que no le hacía falta y quizás tenía razón, ciertamente a él no le hacía falta, pero a mí tampoco. Ya no lo necesitaba más. En las noches siguientes, las cortinas del apartamento de enfrente no estuvieron más abiertas. Yo percibía la luz encenderse y apagarse, pero ya sin el ojo de cristal. Me paraba un rato en el balcón a ver las calles, el parque lleno de árboles, la avenida sin autos, y sabía que del lado de allá alguna luz se encendería para luego apagarse, así toda la noche, aunque yo ya no fuera la fisgona, aunque ya no estuviera en el balcón para enterarme de todo. Yo lo sabía. Sabía perfectamente que mi vecino no se iría a fumar y lanzar los cabos a la calle. Ya no le hacía falta, por eso cerraba los ojos, sonreía y me dormía, mientras en el balcón, el ojo de la noche continuaba solo espiando el nacimiento de la mañana.

RITUAL

E llos hacían trenzas los sábados en la noche. Todos llevaban el pelo largo y se reunían en una especie de ritual, un pacto silencioso que consistía en sentarse haciendo un círculo en el piso, cada uno hacía una trenza al de al lado y al terminar se invertía el sentido, entonces las trenzas se deshacían, luego cambiaban las posiciones y pasaban el tiempo sin pronunciar palabra, sólo haciendo y deshaciendo trenzas.

El misterio estaba en encontrar la sincronización, la coincidencia exacta de terminar a la vez y poder invertir el sentido del círculo sin pausas intermedias. La noche era dividida en sesiones y entre una y otra tomaban un descanso para conversar. No eran como los demás que pierden los sábados entre alcohol y bailes de moda, ellos hacían trenzas, sólo eso, hacían y deshacían trenzas. Al final de la jornada marchaban con el pelo suelto y pasaban la semana esperando el sábado para atarse como cuerdas, invertir el sentido y volver a empezar.

La cita era a las ocho de la noche, iban llegando y se sentaban en el piso hasta completar poco a poco el círculo. Una noche, el último en llegar demoró bastante. Cuando se paró en la puerta de la habitación todos lo miraron, su cabeza brillaba, el cráneo era una bola lisa que recordaba aquellas esferas con que los profesores trataban de explicar el mundo. Entró, dio las buenas noches y se sentó en el único espacio libre que quedaba. Todos se miraron, algo no funcionaba, alguien quedaría sin hacer su trenza, alguien sin deshacerla, luego, al cambiar las posiciones, sería el caos. En principio fue la duda, pero poco a poco fueron cerrando el círculo hasta dejarlo completamente apartado. Él sabía que iba a suceder, lo supo desde que aceptó las tijeras y luego la maquinita, por eso no dijo nada, no hacía falta el adiós. Se marchó sintiendo el calor de las miradas, el "nos has traicionado" sin palabras, el frío y la soledad de esa cabeza que ya no sentiría el goce del viento sobre los cabellos.

A partir de ese día el ritual cambió. Ellos esperaban los sábados en la noche para sentarse en círculo a hacer trenzas, pero quién sabe si en el fondo todos lo sabían. El círculo se fue cerrando, cada sábado era una nueva bola de billar diciendo adiós del lado de allá del cerco que tendían los otros desde el piso. Fueron quedando menos, el ritual se volvió monótono porque los cabellos se repetían y el círculo se hacía incómodo y estrecho hasta que desapareció. El último sábado, el ritual consistió en dos tipos en el centro de una sala deshaciendo una trenza para luego cortar los cabellos, rapar las cabezas y quedar desnudos por completo.

Ellos esperaban los sábados en la noche para sentarse en círculo en el piso a hacer y deshacer trenzas. Ahora andan por ahí, incluso los sábados por la noche, y sé que son ellos porque sus cabezas brillan y son graciosos para los niños que los ven pasar.

Hace dos domingos, descubrí tres rapados sentados en un parque, cada uno acariciaba la cabeza del otro, luego cambiaban las posiciones y antes de volver al principio, se paraban, estiraban las piernas, conversaban, y mientras tanto, con cuerdas que llevaban en los bolsillos, hacían y deshacían trenzas que luego volverían a hacer para deshacerlas nuevamente y recomenzar.

UN POEMA PARA ALICIA

Alicia, Alicia mía, hemos crecido tanto,
y demasiado solos.
Frank Abel Dopico

Sé que te llamabas Alicia y te sentabas en el último asiento de la fila, junto a la ventana. Sé que pasabas la clase mirando afuera, mientras el profesor enunciaba leyes de Kirchhoff y un montón de cosas más. Sé que mirabas de soslayo y te reías de los dibujitos en el pizarrón, para continuar observando el mundo perfecto que construía el barredor del patio allá abajo, a seis pisos de ti, apartando las hojas secas cuadro a cuadro, con un orden que se te antojaba hipnótico, mágica rutina para escapar de la voz del profesor que anunciaba "estudio individual" con preguntas iniciales para la próxima clase. Sé que te llamabas Alicia y nunca contestabas y el profesor te mandaba sentar colocando un 2 junto a tu nombre para recordarlo. Todo lo sé porque el profesor era mi amigo, que luego llegaba *a casa hablando de ti y yo escribía tu historia mientras lo amaba a escondidas.*

Lo de hacerse amigos fue cosa del tiempo. Primero él te citaba a su cátedra para hablar de tus malas notas y se empeñaba en explicar lo que no escuchabas, bajando la vista de tu rostro triste y jugueteando con el lápiz entre los dedos.

—A la universidad no se viene a perder el tiempo, Alicia.

Tú levantabas los ojos cansados y suspirabas moviendo la cabeza desde la puerta. Él veía tu delgada figura alejarse caminando despacio y se juraba a sí mismo que haría de ti una buena estudiante, aunque algo me decía que no eran tus notas lo que llamaba su atención, quizás tu cara triste, el desinterés por todo, no sé, algo que lo obligaba a citarte todas las semanas y preguntar al resto de los profesores y buscarte en los pasillos y en el patio donde te encontró aquel día que no te presentaste en el examen.

—¿Qué pasa, Alicia?

Alicia aparta la vista del libro que está leyendo y tropieza con los ojos del profesor de física.

—Ya se enteró… —Hace una mueca con los labios—. Nada, llegué tarde y ya no podía entrar.

—No te hablo del examen, Alicia, hablo de ti, ¿qué pasa?

La muchacha baja la vista y guarda el libro en la mochila diciendo que no es nada. El otro se sienta en la hierba junto a ella y repite su pregunta.

—No es nada, profesor…, él ya no me quiere, es eso, ya no me quiere.

Sé que mi amigo sonrió tomándote la mano para levantarte e invitarte a irse juntos, lejos de la universidad, tomar un helado por ahí, cualquier cosa, otro ambiente donde se pudiera conversar como hicieron aquel día.

—Usted no entiende, profesor, si él me deja yo me muero, él es mi vida, mi todo, mi dios, si él deja de quererme yo ya no quiero vivir.

—A los veinte años se es muy apasionado, Alicia, pero todo va pasando, acabas de empezar tu vida, estás estudiando una carrera, ¿no quieres ser ingeniera?

Alicia sonríe tristemente y mira al mar diciendo que detesta la electrónica.

—Pero a él le gusta mucho, ¿sabe?, siempre está inventando cosas con cables y corriente y yo quiero ayudarlo, por eso empecé a estudiar esto, para estar más cerca de él.

Mi amigo quedó triste después de esa primera conversación y llegó a casa contándome que hacía mucho tiempo vivías con un hombre que te doblaba la edad, al que amabas con la total entrega de la juventud. Mi amigo quiso ayudarte, quiso mudar tu rostro gris y tu desgana y su cátedra se convirtió en el sitio donde encontrarse para hablar de cualquier cosa, incluso de las leyes de Kirchhoff que tanto detestabas.

—Ahora sí me muero, profesor.

Alicia entra bruscamente y se sienta colocando los codos encima de la mesa y apoyando la cara entre las manos para llorar. El otro se acerca.

—¿Qué pasa, Alicia?

—Que no me quiere, me rechaza, me detesta, me trata como a un perro, yo esperé unos días como usted me dijo para ver si se sentía mal, pero continuó indiferente, vagando por la casa como un fantasma que no me quiere ver, ayer... —Alicia se incorpora secándose las lágrimas—. Él llegó tarde pero yo estaba despierta, lo sentí trasteando en los calderos y me levanté para calentarle la comida, dijo que lo dejara en paz, que me ocupara de lo mío, él sabía arreglárselas solo, entonces pregunté qué pasaba y tiró el plato al piso con una fuerza que me hizo salir corriendo espantada, lo sentí ir al cuarto, quitarse la ropa y acostarse…, antes, cuando nos molestábamos por algo, yo llegaba a hurtadillas frente a la cama y me desnudaba, entonces empezaba a besarlo, despacito, recorriendo su cuerpo que descansaba boca abajo, mordiéndole los pelos de las piernas con mis labios y subiendo las manos para alcanzarle… —Alicia mira al profesor y éste asiente callado, conteniendo la respiración—, y apretárselo todo, le bajaba el calzoncillo y pasaba mi lengua entre sus nalgas, yo sabía que estaba despierto y le gustaba, quería seguir y entonces dejaba correr mi saliva y le abría las nalgas con mi cara mientras lo apretaba allá abajo pasándole la lengua por todas partes, hasta que él se viraba boca arriba, agarrándome por los pelos y dirigiéndome la cabeza para tragarme su sexo mientras repetía, "Alicia, Alicia mía, hemos crecido tanto", y el poema nos gustaba tanto a los dos que entonces yo ya no podía parar y seguía ahí, tragándomelo despacio, absorbiéndolo hasta sentir que se venía en mi boca y yo era tan feliz, profesor, tan feliz de verlo feliz, y satisfecho conmigo, con su Alicia… —La muchacha calla unos instantes y el profesor respira con fuerza—, pero ayer, cuando se tiró en la cama, yo esperé un ratico y entonces fui al cuarto y cuando empecé a besarlo se levantó furioso, dio un tirón a su cuerpo y me agarró por el pelo apartándome la cara y gritando que me largara, que me alejara de él, yo empecé a llorar y me empujó para afuera, gritó que era una enferma, una loca y un montón de cosas más que no escuché porque cerró la puerta..., ya no me quiere, profesor, ¿qué voy a hacer?, ya no me quiere.

Sé que mi amigo te abrazó y luego secó tus lágrimas, te acomodó el pelo y dijo que debías abandonarlo, hacer una nueva vida, buscar un muchacho de tu edad.

—Usted no entiende, profesor, hay cadenas que nos unen, yo estoy ligada a él por demasiadas cosas, condenada a su suerte, lo que él sea seré yo, a donde vaya iré, y si no puede ser así, yo muero...

Mi amigo hablaba de ti con cierto brillo en los ojos que me hacía sospechar que más que pena, más que lástima por aquella muchacha angustiada, más que un simple cariño de profesor, estaba naciendo otra cosa, más fuerte y más nociva para él y para mí, que escuchaba en silencio.

—Otra vez leyendo poesía sin entrar a clases, eso no está bien, Alicia.

—Es que…, él me leía poemas antes, ¿sabe?, nos acostábamos juntos y me abrazaba fuerte, cuando se sentía triste yo enseguida lo notaba y entonces me tendía junto a él para que pasara su mano por mi pelo mientras le leía, a veces lo veía llorar con los ojos cerrados y besaba sus párpados, él me abrazaba fuerte, muy fuerte, repitiendo el poema y apretándome la carne, yo sentía que se iba enfureciendo muy adentro y entonces había que apagar la luz y quitarse la ropa, él se volvía una bestia, me tapaba la cara con un almohadón y empezaba a besarme y morderme todo el cuerpo, diciendo cosas, pero yo no podía hablar, debía permanecer callada con el rostro tapado mientras él abría mis piernas y me metía los dedos con fuerza, yo movía las caderas para él y me apretaba el pubis para sentir cómo bufaba y casi enloquecía masturbándose con la otra mano y pidiendo más, un poquito más, hasta que sentía su esperma caliente corriendo sobre mí y cómo se tendía boca abajo en la cama, respirando aún agitado, entonces debía levantarme silenciosa y dejarlo solo, dejar que se quedara dormido en sus recuerdos, y me sentía tan feliz de verlo reposado que al día siguiente le preparaba el desayuno que más le gustaba.

Mi amigo escuchaba las confesiones que luego me contaba. Tú permanecías distante en el último asiento de la fila y él te veía alejarte mientras mirabas afuera con esos ojos de abandono. Yo trataba de animarlo diciendo que cada cual hace su vida, pero él quería ayudarte, quería devolverte el brillo de tus veinte años, aunque nunca te gustara su asignatura, de la que ya apenas se hablaba en la cátedra de física.

—¿Qué tienes, Alicia?

—No es nada, profesor, vine a aclarar una duda para el examen.

—¿Pero qué tienes en la frente?

Alicia se revuelve el pelo intentando sonreír, pero el profesor la toma por el brazo y le aparta los mechones para ver el morado en la frente.

—No es nada, me caí...

El profesor insiste y ella sacude el brazo molesta gritando que la suelte, que él no tiene derecho sobre su cuerpo, nadie tiene derecho. Él se aparta y la muchacha se sienta bajando la cabeza.

—Disculpe..., usted es mi amigo. —Suspira—. Fue un accidente, profesor, un accidente, me golpeé con la pared.

—¿Él tuvo algo que ver?

Alicia calla haciendo un mohín con los labios, luego aparta la vista y suspira resignada.

—Él está muy solo, los dos estamos solos, nos tenemos el uno al otro, eso es todo..., yo siento su tristeza y soy el doble de triste porque no puedo ayudarlo, por eso siempre trato de ser lo mejor para él, yo lo amo, profesor, es lo único que amo, prescindiría de todo por recuperarlo, pero él quiere alejarse..., ayer cuando salía del baño, yo siempre salgo envuelta en una toalla, y en eso él abrió la puerta de la calle, nos quedamos uno frente al otro, bajé la vista pero supe que me miraba, hasta que noté que la puerta volvía a cerrarse porque él se había marchado, por la noche estaba estudiando en la mesa de la cocina y lo sentí llegar con una mujer, esto me desconcertó, traté de no hacer bulla y ellos ni notaron mi presencia, se metieron en el cuarto riendo, me sentí muy mal, profesor, muy mal... —Alicia aprieta los labios tragando el nudo en su garganta y continúa—: sentí las risas de la mujer, habían bebido, parece, y no se percataban de la hora, yo me acerqué a la puerta sin hacer ruido, y vi cómo ella se desnudaba bailando alrededor de él, que decía groserías mientras se tambaleaba, entonces la mujer empezó a quitarle la camisa y a lamerle el pecho, con maneras de puta, sin poesía, profesor, sin ternura, le abrió el pantalón y se la agarró para metérsela en la boca, él seguía allí tambaleándose y mirando al techo hasta que bajó la vista y algún ruido tuve que hacer yo para que me descubriera y me gritara, la mujer giró la cabeza sorprendida y él gritó que si quería mirar me sentara en la cama, que lo viera templándose a una hembra de verdad, estaba muy borracho, él no es así, profesor, pero la mujer se levantó molesta y empezó a vestirse y a insultarlo diciendo que se iba, yo no supe qué hacer, me quedé allí parada con el libro de física en las manos mientras ella pasó por mi lado sin mirarme y él atrás enredado con el pantalón tratando de alcanzarla hasta que la puerta se cerró de golpe, entonces él se acercó a mí, caminando despacio, apagó la luz y empezó a hablar entre dientes, colérico y borracho, dijo que yo lo único que hacía era joderle la existencia, y me preguntó qué quería, yo no podía retroceder porque estaba contra la pared viendo su sombra acercarse y sus palabras cuestionándome qué quería, llamándome putica, putica mía, hasta que me agarró fuerte por el pelo virándome de espaldas y me subió el pulóver agarrándome aquí abajo muy fuerte y preguntando si lo que quería era eso, diciendo que yo no iba a acabar con su vida, entonces empezó a golpearme la cabeza contra la pared apretándome hasta que me arrancó el blúmer y... —Alicia calla y se tapa la cara, el profesor se acerca pero ella levanta bruscamente la cabeza con los ojos muy abiertos—, él nunca me había penetrado, profesor, con el sexo, nunca, siempre nos masturbábamos, pero ayer..., cuando sentí sus espasmos mezclados con mi dolor, sentí sus brazos apretándome desde la espalda y lloramos los dos, nos tiramos en el piso, él pidió perdón y lo abracé fuerte, sin mirarlo, para que no estuviera solo y no me sentí sola, estamos encadenados, profesor, ¿usted puede entenderlo?, y la única forma de salvarnos, el único modo de apartar todo lo malo de nuestras vidas es quedándonos juntos, hasta el final juntos, profesor. —La muchacha lo mira fijamente y él la ve temblar, morderse los labios—. En un momento se levantó, buscó la camisa y se fue..., yo no pude terminar de estudiar, pero siento que me ama, todavía me ama y yo lo amo más.

Mi amigo fumaba nerviosamente mientras hablaba de ti, le dolía no poder hacer nada porque, a cada intento suyo, tú levantabas la vista salvajemente repitiendo que lo amabas. Yo intentaba cambiar la conversación con aquello de "entre marido y mujer nadie se debe meter", pero él insistía, volvía a fumar y hablaba de hacer algo, ir a tu casa y golpear al tipo, acusarlo ante la policía, pero tú no lo permitirías. Una mujer de veinte años es ya una mujer. Tú seguías con las ojeras y tu rostro gris mientras él te miraba desde el pizarrón, evitando preguntarte en clases algo que sabía no responderías porque tú ya estabas en alguna otra parte, lejos del aula y los libros, lejos de los muchachos del grupo que organizaban juegos deportivos y festivales culturales. Tú ya estabas perdida, Alicia, cuando mi amigo te conoció para empezar a amarte.

—Prometiste que irías al juego del domingo, ganó tu grupo.

—No pude ir, profesor, es que…, el domingo fue su cumpleaños.

—¿Y qué tal?

—Bien al principio. Él no estaba en casa y pasé el día limpiando y organizando una cena, cuando llegó estaba un poco esquivo, pero me esmeré preparando lo que más le gusta y la pasamos bien, sin muchas palabras, pero bien, comimos juntos y hasta nos tomamos una botella de vino como en los buenos tiempos, yo le regalé un libro de poesía y otro de electrónica. —Sonríe—. Y él se sintió feliz, sólo que después cometí un error. —Alicia suspira y se rasca la cabeza—. Dije que tenía una sorpresa, apagué la luz y me fui al cuarto, al rato aparecí con una vela en las manos y vestida con uno de los vestidos viejos que guarda en el ropero, un vestido de su ex mujer... —Se muerde los labios—. Ella murió, profesor, y él la amaba tanto que pensé que quizás su recuerdo en este día lo haría feliz, pero me equivoqué, de repente se levantó furioso, encendió la luz, golpeó la vela de mis manos haciéndola caer al piso y, tomándome del cuello me arrastró hasta el espejo donde pegó mi cara diciendo que yo era una embustera y una loca, que nunca iba a parecerme a ella, entonces me rompió el vestido y me dejó en blúmer agregando que ni siquiera era una mujer, que tenía cuerpo de niña, y cara de niña y pensamiento de niña estúpida y que nunca, nunca más volviera a hacer eso, que nunca más me atreviera a profanar el recuerdo de la mujer que amó como no va a amar a nadie, porque nadie en el mundo va a parecerse a ella y menos yo... entonces me quedé llorando, estoy tan sola, profesor, no entiendo por qué cambió si antes no era así, antes el día de su cumpleaños era una fiesta para los dos, fue ese día la primera vez que nos amamos, él bebió completa una botella de vino, nos tendimos en el piso y empezó a acariciarme, era tan tierno y recitaba mi poema, "Alicia, Alicia mía...", mientras bebía pasándome la mano por el pelo, así, tan dulce que yo sentí que su soledad me pertenecía, estaba entregándomela entera para curarse de todo, sentí que me necesitaba tanto, y lo vi tan vulnerable ante mis dedos que acariciaban sus labios, que entonces supe que era mío para siempre y yo suya para siempre, por eso dejé que sus manos recorrieran mi cuerpo, que amasaran mis senos y tocaran mi vientre virgen hasta llegar al centro de mis piernas, mientras besaba mi pelo, dulcemente, todo con mucho cuidado para que yo no sintiera dolor, murmurando ternura en mis oídos, ternura, ¿sabe qué cosa es eso?, yo era virgen y sus dedos conocían cómo acariciar el cuerpo de una mujer, cómo penetrar despacio haciéndome suya para siempre, rompiendo mi adolescencia y convirtiéndome en hembra que sangraba desnuda para él, abierta para él, jadeando para él, porque este cuerpo es suyo, profesor, no lo ha sido de nadie más porque no quiero, él es todo para mí, y mi cuerpo y mi alma y mi pensamiento y toda yo le pertenecen.

Yo veía que tu tristeza iba horadando el cuerpo de mi amigo, sus visitas eran sólo tú, Alicia y sus ojos mustios, sus palabras sombrías, su pasión por aquel hombre que él odiaba sin conocer. Mi amigo se volvió taciturno y fue apagando la risa mientras tú lo calabas despacio, alejándolo de mí, haciéndote centro y necesidad y parte de su cuerpo o casi obsesión, porque él quería protegerte, tender su mano hasta ti y amarte, Alicia, mi amigo quería amarte, y entonces yo pasaba mis dedos por su pelo respirando resignada.

—¿Dónde estabas, Alicia?, hace tres días no vienes a la universidad, te estaba esperando.

—Vine a despedirme, profesor, usted ha sido muy bueno conmigo, pero él tiene razón, yo no sirvo.

Alicia comienza a caminar pesadamente desde la puerta, y él la ve cojear un poco y sentarse con desgana. El pelo cae sobre su rostro pálido donde las ojeras resaltan.

—Hice todo lo que pude por recuperarlo, pero nada tiene sentido, ya nada tiene sentido para mí.

—¿Qué te hizo, Alicia?, ¿qué pasó?

—No es él, profesor, soy yo la que no sirve para nada, ¿sabe?, siempre traté de ser todo para él, llenar sus espacios huecos, sin comprender que hay vacíos insustituibles, es que no sirvo, ¿ve?, ya nada tiene sentido.

—¿Qué dices?, todo tiene un sentido, sólo hay que volver a empezar, tú tienes todo el tiempo del mundo, y no estás sola, yo estoy contigo.

Alicia levanta la vista sonriendo amargamente mientras él se agacha a sus pies tomándole una mano.

—Se acabó. —Suspira y aparta la vista—. El otro día cuando llegó a casa dijo que tenía que irme, no podíamos continuar juntos, yo debía hacer mi vida lejos de él, ¿pero qué sentido tendría eso para mí?, me acerqué hablando dulcemente y me dio la espalda agregando que su decisión era irrevocable, pero no lo escuché, lo abracé por la espalda implorando que no me dejara sola y me apartó bruscamente diciendo que estábamos enfermos y para curarnos teníamos que estar alejados, yo volví a abrazarlo, sabía que iba a enfurecerse pero necesitaba abrazarlo y continué hasta que me dio un puñetazo y me tiró al piso, juró que no quería hacerme daño, pero si insistía tendría que demostrarme que éste era el fin, yo no lo podía creer, profesor, yo lo amo, y tantos años juntos..., ¿sola qué voy a hacer?, entonces lo agarré por los pies y empecé a besarlo jurando que haría todo lo que me pidiera, todo sin molestarme, sólo para hacerlo feliz, y de repente enloqueció, gritó que me enseñaría cuál era la felicidad que me esperaba si me quedaba, se quitó el cinto y comenzó a golpearme por todo el cuerpo, yo seguía en el piso sin decir nada, aguantando hasta que me alzó por el pelo y me arrastró como una bestia loca hasta la cama, hizo que me quitara la ropa y fue hasta el clóset, sacó unas cadenas y me ordenó acostarme boca arriba con los brazos y las piernas abiertos, yo no podía negarme, profesor, no podía, y él amarró las cadenas a mis muñecas y mis tobillos, sosteniéndome de las cuatro esquinas de la cama, entonces, sin apagar la luz, se quitó la ropa delante de mí, por primera vez lo vi desnudo totalmente y quise cerrar los ojos, pero gritó obligándome a abrirlos y lo vi, totalmente desnudo delante de mí, exigiendo que lo mirara bien, que le mirara a la cara, fue hasta la gaveta y buscó una foto de su antigua mujer, donde ella sonreía, y dijo que quería que nos viera, que la viera yo a ella para que acabara de convencerme de que nunca iba a sustituirla y entonces se lanzó sobre mi cuerpo a besarme y pasarme la lengua por todas partes, moviéndose más, llenándome el vientre de saliva, hasta que levantó la cabeza encima de mi pubis y dijo el poema, "Alicia, Alicia mía", sonriendo como un loco, yo no podía moverme, cerré mis párpados mientras lo sentía lamiéndome allá abajo, apretando mis caderas, lastimando las llagas de los cintazos hasta que se incorporó preguntando si de veras quería quedarme, llamándome "putica enferma, Alicia de porquería", que lo único que tenía para mí era eso, y eso fue lo que hundió en mi vagina, moviéndose de arriba abajo, penetrando con fuerza, con mucha fuerza, mientras yo lloraba escuchando su risa de loco, sin ternura, profesor, diciendo palabras absurdas, hasta que me la sacó y comenzó a pasarla por mi vientre llenándome de esperma y repitiendo que si eso era lo que yo quería, y no era eso, profesor, no era eso… —Suspira—. Estuve toda la tarde amarrada, yo estaba muerta, estoy muerta, por la noche él volvió, apagó la luz y soltó las cadenas sin dirigirme la palabra, logré levantarme y caminar hasta el baño, él se encerró en su cuarto y yo abrí la ducha, dejé que el agua corriera por mi cuerpo, limpiándome de todo..., no sé cuánto estuve allí, tampoco sé a qué hora volvió a marcharse, por la mañana recogí algunas cosas y me fui..., he estado dando vueltas, no sé, ya estoy muerta, profesor, no sé ni a dónde voy, pero pensé en usted, usted ha sido muy bueno conmigo, y pensé que a lo mejor saldría a buscarme a la casa donde ya no vivo, por eso vine a despedirme, ahora, déjeme ir...

El profesor acaricia las muñecas marcadas de la muchacha y de repente se levanta con furia.

—Tú no vas a ninguna parte, te vas a quedar conmigo y a él lo voy a denunciar, Alicia, esto no se va a quedar así.

Alicia se levanta despacio.

—Usted no puede hacer eso, profesor.

—Lo puedo hacer, claro que lo puedo hacer, por ti haré cualquier cosa, ¿tus padres saben esto?

Ella comienza a andar dándole la espalda.

—Mi madre murió cuando yo era niña, y mi padre no cuenta...

El profesor se interpone entre la puerta y la muchacha, la toma de los hombros y la abraza, besa su cabeza y es una mezcla de cólera y dulzura por tanta soledad.

—Tú no estás sola, Alicia, yo estoy contigo, y esto no se va a quedar así, yo lo denuncio, te juro que lo denuncio, coño, lo mato, y aunque no quieras voy a hablar con tu padre, esto no se va a quedar impune.

—Usted no puede hacer eso, profesor... —Alicia levanta el rostro, le acaricia la mejilla y lo mira, mudando de una sonrisa tierna, mueca tragando en seco, hasta quedar en un gesto de asco—. Usted no puede hacer eso porque yo lo amo.

El profesor siente cómo ella suelta sus brazos y se aparta, dándole la espalda nuevamente hasta llegar a la puerta y detenerse.

—Si habla con mi padre, profesor, dígale que Alicia, su Alicia, lo seguirá amando a pesar de cualquier cosa.

Sé que te llamabas Alicia y nunca más te sentaste en el último asiento de la fila. El profesor de física no volvió a mencionar tu nombre en clases, y tampoco se atrevió a acompañar a los muchachos del grupo a la casa, donde tu padre les dijo que te habías mudado lejos. Sé que mi amigo estaba muerto en algún sitio de su alma, y ni siquiera yo podía llegar, cuando lo veía sentarse en el piso, abrazando sus rodillas, sin hablar, así toda la noche, hasta que el curso terminó y él abandonó la universidad y el pizarrón y tu asiento vacío desde donde se veía el patio llenándose de hojas secas, tan solo como nosotros, Alicia, demasiado solos.

PISO 23

Yo iba para el 5 pero ellos marcaron 23. Lo pensé mil veces, tenía la costumbre de llegar a casa escalón a escalón, pero estaba cansado. Por fortuna, cuando la puerta se abrió llegaron ellos impidiéndome un paseo en solitario, sólo que antes de apretar el botón de mi piso, uno se adelantó y marcó 23, y como soy penoso y me cuesta tanto trabajo abrir la boca frente a extraños, escondí el deseo de reclamar mi número pensando que en el 23 marcaría 5 y llegaría a mi destino. La puerta del ascensor cerró.

Comenzó el ascenso. Piso 1, piso 2, mis compañeros son siete, piso 5, mi destino, lástima no poder bajarme, piso 6, desde que subieron llevan en el rostro la sonrisa, trato de ignorarlos, piso 8, ahora la sonrisa se convierte en risa y el tono aumenta, me siento molesto, encima de tener que subir 23 pisos para luego bajarlos tengo que soportar una risa constante que va in crescendo a medida que nos alejamos de la calle, piso 9, no sé qué les causará tanta risa, ¿seré yo?, piso 10, se están burlando de mí, lo sé, aunque me den la espalda y me condenen al rincón, se están burlando de mí, piso 11, ¡qué horror!, soy el hazmerreír de la gente, abuela tenía razón, piso 12, estoy loco por llegar al 23, esto es incómodo, las manos empiezan a sudarme, piso 13, justamente aquí uno de los muchachos enciende un cigarro, esto es el colmo, también me obligan a asfixiarme con la alergia que siento por el tabaco, no lo permitiré, saldré de mi esquina y les diré que está prohibido fumar en locales cerrados y que…, *¿No le molesta, verdad?*, *No*, contesto desde mi rincón agachando la cabeza, piso 14, comemierda, ¿por qué no les dijiste que te molestaba?, ya ves, ahora los otros también encienden cigarros y comienzas a sentir falta de aire, piso 15, siguen riendo, las muchachas se tapan el rostro con las manos para esconder las carcajadas, estoy aturdido y se siente tanto calor aquí, piso 16, voy a tener que desabotonarme la camisa, pero,

¿y si esto les causa más risa?, piso 17, ¿cuándo llegaremos al maldito 23?, creo que ahí me bajo y tomo la escalera, no aguanto este encierro, piso 18, ahora también las muchachas quieren fumar, ¿no se dan cuenta?, me tienen en una esquina y mientras tanto el humo invade todos los espacios, piso 19, el sudor corre por mi frente, siento que las piernas se me aflojan, piso 20, ¿por qué tendrán que tirarse unos sobre otros para reír?, y sin dudas lo que les causa tanta gracia soy yo, ¡Dios mío!, esta humareda me ahoga, tengo que toser, siento ganas de gritar, de salir corriendo pero por dónde, si esto sólo tiene una puerta y ahora está marcando piso 22, tengo escalofríos y ellos ríen, no cesan de reír y fuman, pasan los cigarros de la boca a la mano, de la mano a la boca, mi mano está en mi boca, me muerdo los dedos, voy a estallar, el botón se incendia de rojo, piso 23, hay estrellas de colores, mi corazón palpita agitado, no veo claramente, los rostros se confunden, las imágenes se empañan. La puerta del ascensor abrió. Las risas se alejan edificio adentro, mis rodillas se doblan, caigo al piso y ellos se pierden sin notar mi presencia, sólo huelo el polvo de sus zapatos y el humo de las colillas que han dejado por el suelo, trato de levantarme, tengo que salir de aquí, tengo que llegar a la escalera y luego al quinto piso donde abuela y mamá me esperan para el almuerzo, se molestarán porque llego tarde, y si cuento esto me llamarán tonto y reirán de mí como siempre, tengo que levantarme, siento mareos, quiero salir de aquí, tengo que apretar el botón, pero la puerta se cierra, la puerta se cierra, se cierra, marca 23, comienza el descenso.

ANIVERSARIO

Sí... soy yo, aquí, desde mi habitación, tomándome un vodka-martini, mi trago preferido... ¿que si me ha ido bien?, muchacha, de maravilla, esta ciudad es acogedora y desde aquí arriba la veo completamente... no, Fabián no está, fue a hacer no sé qué desde temprano, yo me quedé viendo vídeos, tirada en la cama con el control remoto en la mano... claro que no pudo ir, muchacha, si no acreditaron a la prensa extranjera, pero no importa, él ha hecho casi todo lo que quería hacer... ¡ay, niña!, te cuento, cuando llegamos vinimos para el hotel, un cinco estrellas, mi amiga, ¿te imaginas?, en una cama personal de éstas puede dormir toda mi familia, el cuarto está lleno de espejos, tiene un televisor de no sé cuántas pulgadas y yo no suelto el control remoto, cambiando canales, música, propaganda, películas en inglés, las noticias hay que verlas porque Fabián no se pierde una, pero, bueno, por suerte duran poco... la vida misma, mi amiga, y el baño, si ves el baño te mueres, imagínate que el primer día me metí una hora allá adentro, cargué con la walkman, mi vodka-martini y los Camel, sí, porque él fuma Camel, deja ver si te llevo una cajita para que descanses de esos Populares apestosos... sí, claro, yo también los fumo, pero ahora estoy aprovechando, de vez en cuando hay que salirse del producto nacional, ¿no?, bueno, en lo que estaba, el baño está lleno de espejos también, todo tan limpio y con un perfume que dan ganas de quedarse a vivir aquí, no como en mi casa, con ese bañito tan chiquito, la bañadera tiene puertas de acrílicos y es de ésas que te acuestas y hasta puedes nadar, y ahí no hay resbalón que valga, porque imagínate que tiene a los lados unas piececitas para agarrarte, no, si es que una no pasa trabajo ni para levantarse, mi amiga, y el agua es fría, tibia, caliente, como quieras, con duchita de teléfono, yo llené la bañadera de agua tan caliente que cuando me metí por poco me quemo, pero igual, me quedé adentro, si el paraíso quema, quiero ser Juana de Arco,

no ves que cuando llegue a casa es la jodedera
de calentar el agua con el jarro y luego echár-
tela arriba con la latica, ¡qué va, mi hermana!,
esto hay que aprovecharlo... ¿envidia?, pero
si esto no es todo, en el baño ponen unos pa-
queticos de esos que hay en los hoteles, crema
para el cuerpo, champú-gel, crema de afeitar
y hasta pasta de dientes, además, hay un rollo
de papel sanitario puesto ahí y otro nuevo
por si se te acaba, yo por supuesto que guardé
el sobrecito de la pasta de dientes para mi
casa y el papel sanitario me lo llevo en cuanto
salgamos de la habitación, mi mamá se va a
poner contentísima con el regalo porque allá
ni papel periódico tiene... no, chica, de eso no
te voy a poder conseguir, no pretenderás que
me meta en otra habitación a llevarme un
rollo de papel, y ahora te cuento lo mejor, cuando salí de la ducha me envolví en una toalla
inmensa, igualito que en las películas, y a se-
carme el pelo con el secador que hay en el
baño, qué rico, vieja, airecito calientico, el pelo
te queda de maravilla, todos los espejos em-
pañados por el vapor y yo sudando con el
calor en las orejas por eso cuando salí del baño
tuve que subir el aire acondicionado de la habitación y me tiré desnuda en la cama a ver

musicales y tomarme una cerveza, ¡ah!, porque
en la habitación hay una neverita, puedes tener
todo lo que quieras, esto es la vida... no, no,
él no estaba aquí, se pasa todo el día en sus
trabajos y sus cosas y yo estoy que no quiero
ni salir de la habitación aunque en el hotel
hay de todo, oye, de todo lo inimaginable para
nosotras... no bromees, tú sabes que no soy
una jinetera, esto es casualidad, lo conozco
desde primer año, cuando fue a la facultad
para ver cómo se estudiaba periodismo en
Cuba, la vida da tantas vueltas, cómo me iba
a imaginar yo que ahora me invitaría a que
lo acompañara... no, chica, no voy con él a
todas las cosas porque sale muy temprano y
tengo sueño, además, esto para mí es un su-
perlujo que hay que aprovechar, pero cuando
regresa siempre me cuenta, en el restaurante
se la pasa todo el tiempo hablándome de las
entrevistas y de fulano y mengano y así apren-
do algunas cosas de la profesión, como te dije,
esto es un viaje turístico-profesional... sí, sí,
bueno, el día 25 nos fuimos juntos al carnaval
que hicieron, lindísimo, lo que te perdiste, nosotros estábamos, por supuesto, en la parte
de prensa extranjera, desde ahí se veía todo
perfecto, del otro lado estaba la ciudad alegre,

Fabián tiró algunas fotos, las comparsas eran lindísimas, cierto que llevaban pancartas de los carnavales de años anteriores porque, bueno, ahora no hay telas para invertir en eso pero de todas formas se veían muy bien y la gente estaba contenta ¿tú sabes?, tuve una sensación extraña, estaba entre los extranjeros tomando Havana Club y fumando Camel, y del otro lado todo un pueblo, cantando y defendiendo sus comparsas, porque el carnaval era competitivo y todos se veían felices, es increíble lo poco que se necesita para ser feliz, a la gente le hace falta esto, nadie pensaba en las carencias ni en la cerveza que no había, todos se sentían bien... no me digas eso, que no soy ninguna estúpida, de verdad, allí se respiraba un aire de felicidad, el primer secretario del Partido era el que daba los premios y la gente le gritaba que lo quería y hacían vivas en su nombre, eso yo lo vi, no me digas que el cinco estrellas me está haciendo daño porque me ofendes... no, no me pongo brava, bueno, dejemos eso, te sigo contando, esa tarde fue muy divertida, de regreso al hotel nos fuimos a la cafetería de la piscina a comernos unas pizzas, ¡qué pizzas, mi amiga!, sin exagerar, en serio, yo no pude comérmela completa, luego nos quedamos un rato tomando vodka-martini y a dormir, que al día siguiente había que levantarse temprano... ¿vodka-martini?, es el trago que toma Fabián, en lugar de ginebra, vodka, es una maravilla, algún día podrás tomarlo... tú verás, muchacha, a todos nos llega, bueno, ayer el de pie fue a las 4.00 de la mañana porque a las 5.00 am era el asalto simbólico al cuartel, nosotros bajamos como a las 4.30 am y a esa hora, ¡muérete!, no había taxis en el hotel, una falta de respeto, este hombre empezó a pelear, pero tú sabes que eso aquí a los empleados no les importa, así que nos indicaron cómo se llegaba a pie, por suerte no era lejos, por el camino tuve que escuchar todo un discurso, ¡qué barbaridad!, ¿tú sabes lo que es un cinco estrellas que no tenga taxis a las 4.30 de la mañana?, una locura, pero llegamos, y aquello fue precioso, los niños asaltaron y luego hubo canciones y danzas, himnos revolucionarios, yo me ericé completa y me puse a tirar fotos a todo lo que veía, parecía que de veras estaba viviendo hace cuarenta años, sólo que esta vez no hubo muertos ni cárceles, de veras fue una magnífica experiencia... ¡ay, chica!, ¡qué insoportable te pones!, seguro que si hubieras estado ahí hubieras sentido lo mismo... ¡no!, ni la pizza ni el hotel tienen nada que ver, esto fue algo que nunca voy a olvidar, si quieres no te sigo contando... está bien, ya, de regreso tenía un sueño que me moría, así que tomé un café y me fui a la cama, por la tarde almorzamos unas langostas y nos fuimos a la piscina, que está buenísima, se puede nadar y no hay niños que te molesten ni gente que grita, todo es calma, Fabián no se bañó, se quedó sentado en una mesita conversando con unos periodistas, franceses, creo, pero como yo no entiendo nada de francés me quedé nadando y tomando sol... y vodka-martini, claro, luego, como a las 7.00 pm subimos a la habitación, porque a las 8.00 pm era el acto y él quería verlo, un poco molesto porque no pudo conseguir que lo acreditaran, nos bañamos y él llamó al servicio de habitaciones para comer algo, cuando salí del baño me puse a ver TV, estaban dando un documental buenísimo sobre las instalaciones turísticas de todo el país, me enteré de un montón de hoteles y villas que desconocía y hasta salió nuestro hotel, óyeme, este país es precioso, de veras, me parecía que estaba viendo una película extranjera, pero no, todo era el mar,

la brisa del verano, las palmeras, dice Fabián
que cuando vuelva me va a llevar de vacaciones
y no de trabajo, ya estoy loca porque vuelva
y todavía no se ha ido, ¡ay, mi amiga!, qué
país más lindo éste que tenemos... no, vieja,
no sólo por televisión, es verdad, a ti te haría
falta encontrarte un tipo como éste para que
lo oyeras hablar y entonces seguro no dirías
esas cosas, él fumará Camel y tomará vodka-
martini pero me cuenta cada cosas que me
aterrorizan de veras... sí, y bueno, ya, no pude
terminar de ver el documental porque a las
ocho menos cuarto él cambió de canal para
ver el acto, en eso llegó el servicio de habitaciones, pedimos pizzas, unas cervezas y café,
entonces nos acostamos a escuchar el discurso,
de verdad se dijeron cosas interesantes, Fabián
estaba como loco, tú sabes que él adora este
país, me puso a tomar algunas notas, y aunque
estaba un poco cansada por la natación de la
tarde traté de escribir todas las frases que él
repetía, por suerte el discurso fue corto, no
como en otros años, luego nos quedamos tomando cervezas y fumando, chica, de verdad,
a mí me pareció todo muy fresco y muy actual,
estamos en una situación difícil, pero yo sé
que este pueblo resiste... ¡está bueno ya, vieja,

deja de molestarme!, tú sabes que no me gusta mucho la cerveza ni me muero por una pizza, independientemente de eso el discurso me gustó, sí, tienes que entender que el país está en un momento duro, oye, hay que estar aquí para sentirlo, seguro que tú ni escuchaste el discurso, Fabián me ha hablado de tantas cosas que he empezado a comprender lo que antes no veía, ¿tú piensas que la vida se resume en una cerveza y un poco de comida?, ¡qué poco conoces este mundo, vieja!, hay cosas más fuertes y más necesarias que un aire acondicionado... sí, ya sé que no lo tienes ni yo tampoco, pero, mira, si hubieras estado aquí, es que sólo hay que mirarles las caras a la gente en la televisión y ver cómo gritan y dan vivas, este país es grande, amiga mía, los dólares no lo son todo... no, no quiero darte un segundo discurso, es que me molesta que no entiendas, espérate un momento que voy a buscar una caja de cigarros... no, no te preocupes, Fabián paga la llamada...

...oye... continúo, cuando se acabó el discurso empezó la fiesta en el hotel, en el bar junto a la piscina hay unas mesitas, allí pusieron micrófonos y empezó a tocar un combo, qué manera de reírme, muchacha, nosotros nos sentamos y como al cuarto vodka-martini ya todo me daba risa, si vieras los cheos que cantaron te atacas, unos guajiros con unas camisas ridículas y una mulatona con un pantalón de lástex pegadito a las caderas, horrible, mulatona de las que les gustan a los gallegos, las que se ahorcan por la cintura y no les importa que la grasa les sobre, yo no sé cómo puede haber gente tan chea y tan mal vestida, una ropa horrible y unos peinaditos "ríete de mí", divertidísimo, Fabián y yo cogimos una borrachera que nos fuimos bailando para la habitación y allí pedimos una botella de vodka para seguir la fiesta, no sé a qué hora nos acostamos, hoy él se levantó y se fue a no sé dónde, él se levanta temprano aunque se acueste de madrugada, pero yo no, yo me quedé acostadita y no tengo idea a qué hora me desperté, me di una ducha, llamé al servicio de habitaciones para que trajeran un desayuno bien fuerte y un vodka-martini, para no perder la costumbre, entonces aproveché para llamarte... sí, tenemos vuelo para mañana en la mañana, hoy no sé qué haremos, yo, la verdad, tengo unas ganas de que este Cuarenta Aniversario del Moncada no se termine nunca... no, no creas que es sólo por el hotel, es que en general la hemos pasado muy bien, y yo, muchacha, he aprendido muchas cosas, mañana será La Habana nuevamente, la capital llena de personas, ya veremos qué hacer en los días que le quedan aquí a Fabián, deja ver si aparece algún amigo para colarte en un paseo y que pruebes, por fin, el vodka-martini, te va a encantar... bueno, vieja, tengo que dejarte, que ya hemos hablado bastante y dentro de un rato empieza una película que anunciaron ayer. .. sí, te llamo en cuanto llegue, ¡ah!, disculpa, ¿tú qué has hecho en estos días?... ah, bueno... sí, sí, claro, lo de siempre, bueno, no importa, ya veremos qué inventamos allá... te dejo... sí, bueno... chao...

PUNTO DE PARTIDA

T ratando de escapar de su mundo, tomó el auto y se hizo a la carretera sin rumbo fijo. El camino era un desfile de imágenes, la historia de su vida aparecía como proyectada en el parabrisas: una infancia feliz, la adolescencia sin grandes complicaciones. Luego una juventud como otra cualquiera, comenzar a trabajar en la oficina donde llevaba veinte años, un matrimonio, dos hijos y un perro. Su vida entraba en la perfecta normalidad de las vidas normales. Sin embargo él, de un día para otro y aún sin tener muy claro el porqué, había comenzado a cuestionárselo todo. Sentía el envejecimiento de su piel y el cansancio de sus párpados ante la televisión por las noches, y en estos momentos se preguntaba si acaso algo había dejado de funcionar sin que él lo advirtiera. No comprendía la razón, pero sospechaba que su total pesimismo en los últimos años se debía a un extraño estado de inercia que lo había acompañado durante toda la vida.

No frenar para no padecer una vez más con la inercia. El marcador de velocidad señalaba 130 km/h. Le divertía ver cómo se encendían las luces del separador de la carretera y cómo, a su paso, todo quedaba oscuro nuevamente. Oscuro como mi mundo, murmuró. El aire batía constantemente contra su rostro produciéndole estremecimientos y cierta molestia, pero se negaba a cerrar la ventanilla.

Estaba harto. Ésa era la cuestión. Cansado de la oficina, de su mujer, de los hijos ya grandes, del almuerzo con los padres el domingo y hasta del perro, del agua caliente y de la televisión en las noches. Estaba absolutamente harto de todo cuanto había conocido hasta el momento, pero ésa era su vida, un sucederse de cosas, normales, cotidianas, infalibles. Si algo sabía cierto era que él nunca había intentado cambiar nada, ni siquiera se había planteado la posibilidad de mudar algo, visto que todo funcionaba dentro de las normas, ¿pero las normas quién las había establecido? Ésa era la preguntaba que desde hacía unos meses venía dando vueltas dentro de su cabeza. Su vida era igual que la vida de sus padres, y la de sus padres igual a la de sus abuelos, y estos como sus bisabuelos y así, desenredar la madeja hasta llegar al punto en que inició todo. Lo único que cambiaba en su árbol genealógico eran las modas, porque hasta los nombres habían sido pasados de padres a hijos como en una gran dinastía. Dinastía del aburrimiento, pensó y soltó una carcajada. Todo había transcurrido de ese modo hasta el día en que él comenzó a preguntarse si acaso la vida podía ser otra cosa. De ahí su decisión de partir, dejarlo todo y abandonarse a la carretera como un fugitivo. Quería demostrar que todo cuanto había conocido hasta ese momento era falso y que sólo viviendo experiencias propias puede el hombre comprender la verdad de las cosas.

A medida que avanzaba el camino se iba convenciendo de que cada hombre es una vida y no la continuación de sus antepasados, que las tradiciones y costumbres son solamente palabras. Siempre había asumido como cierto lo que decían sus mayores o lo que leía en la prensa y si algo anunciaba la televisión entonces se convertía en verdad irrefutable. Sistemáticamente había sido así, pero ahora era el momento de romper con todo. Necesitaba comenzar desde el principio, volver al punto de partida para demostrar las cosas por sí mismo. Considerando que todos estos años no había hecho otra cosa que creer en las palabras de los otros decidió que su partida se convertiría en el inicio de la historia. Todo lo conocido quedaba atrás, él no creería en otra cosa que en lo que vieran sus ojos, o en lo que su cabeza fuera capaz de interpretar. Atrás los consejos de los padres, los libros escolares, los programas de televisión. Él acababa de nacer y estaba comenzando el descubrimiento del mundo. Nacer y descubrir todo por sí mismo. Absolutamente todo.

Por momentos, le molestaban las luces de los autos que viajaban en sentido contrario y decidió apagar las del suyo. Marchando a oscuras encontraré la luz, se dijo, y marchó a oscuras. Ahora no veía el separador, ni los árboles, ni la carretera, no veía nada, sólo la luz del cigarro estacionada en el volante, pero estaba bien así. Se sentía libre de todo y dueño, verdaderamente, de sí mismo hasta que comenzó, poco a poco, a percibir la llegada de un fin. Una percepción extraña. Siempre había escuchado decir que no existe el fin. Vista la redondez de la tierra, andando y andando retornamos al punto en que comenzó el viaje, así el fin deviene principio y todo vuelve a empezar. El ciclo será infinito siempre que no se demuestre lo contrario. La única objeción ante tales suposiciones era que él había decidido anular cualquier experiencia previa y partir al descubrimiento del mundo. Solo. Desde el principio. Se preguntó si acaso no sería el momento justo para demostrar que todos estaban equivocados y sonrió hundiendo el pie en el acelerador. A cada instante la cercanía de ese algo se hacía más fuerte, era como una claridad inmensa que se le venía encima, y fue entonces cuando llegó verdaderamente al fin. Era un abismo. Cayó. Sólo entonces comprendió que la tierra era cuadrada.

ESPUMA

Para mi madre

Hoy desperté sobresaltada sintiendo a los gorriones del árbol de la esquina, los gorriones, Nonó, ¿te acuerdas?, aquellos que nos desper-taban cuando el árbol aún estaba en la esqui-na, antes de que el vecindario se levantara en armas y lo declarara indeseable, y los cho-feres protestaran porque sus parabrisas ama-necían llenos de recuerdos de los pájaros can-tores, y las vecinas alegaran que la acera se llenaba de hojas secas que ensuciaban el ba-rrio, y el tipo de la esquina protestara porque los niños tiraban piedras a su casa tratando de cazar pajaritos, y todos, Nonó, todos excepto tú y yo, le declararan la guerra absurda al árbol y sus chillidos de mañana, todos, excepto tú y yo, se afanaran buscando sierras para preparar la ejecución del viejo álamo mientras tú colgabas en la ventana el cartel "crezcan los árboles y no los edificios" y preparabas tu alegoría de defensa del árbol que luego se

convirtió en réquiem, en epitafio recitado por
ti mientras los otros buscaban un camión para
llevarse el tronco mutilado, los gorriones emi-
graban con espanto y tú y yo llorábamos la
pérdida del historiador del barrio, del anun-
ciador de la mañana, el único capaz de hacer-
nos abrir los ojos y descubrir el nuevo día, el
trueque de estaciones... por eso hoy no sé si
es invierno o primavera, si es lluvia o época
de apareamiento, no sé, Nonó, es que hoy los
gorriones no estaban, ni las hojas secas en el
piso, ni el verde, ni siquiera tú, mi hombrecito
de agua, ni siquiera tú, Nonó, ahora te llamo
como me da la gana, ahora ya no vas a ponerme la cara seria ni vas a hacerte el que
no escuchas cuando te llamo Nonó, nunca te
gustó ese nombre, decías que recordaba una
tonta novela brasileña, pero tú lo provocaste,
fuiste tú, hace tiempo ya, cuando nos conoci-
mos, yo estaba en el cine, ¿recuerdas?, había
ido a ver una película que apenas retuve, sólo
sé que el personaje se llamaba Maximiliano
y yo estaba sentada donde siempre, a la derecha
en la parte de arriba, donde casi nunca hay
nadie y por eso todos los asientos a mi alrededor están vacíos, entonces como a quince
minutos de comenzada la película apareciste

para sentarte junto a mí, pensé que eras uno
de esos masturbadores que van al cine de noche, te miré y cambié de asiento, dos más allá
de ti y a los cinco minutos volviste a colocarte
junto a mí, no sé por qué sospechabas que no
me gustan los escándalos, por qué sabías que
iba a mirarte nuevamente y a moverme tres
asientos sin decir nada, aunque molesta porque
mi atención quedaba dividida entre la película
y tú que sonreías y volvías a mi lado, fue así
toda la noche, yo mudando de asiento y tú
persiguiéndome por la banda del cine, yo podía
haber llamado a la acomodadora, haberme
levantado para gritar de rabia, pero en lugar
de esto te seguí el juego y dejó de importarme
la suerte del Maximiliano que aún ignoro, dejó
de interesarme porque entonces me preguntaba
qué pasaría cuando se acabaran los asientos
de la banda derecha, como se acabaron, y entonces me trasladé hacia la del centro y tú
tras de mí, riendo bajito sin mirarme, así toda
la película hasta que llegó al final, encendie-
ron las luces de la sala y comentaste, "tremendo filme, pero ya lo había visto", te levantaste
sin mirarme mientras yo te observaba sorprendida, confusa, llena de rabia por haberme
hecho perder toda la noche, habérnosla hecho

perder a los dos, porque si al menos hubieras sido uno de los masturbadores entonces tendría sentido, pero ni eso, yo era la tonta y tú el idiota que se acercó a mí, cuando ya caminaba por la acera, aún furiosa, para decirme, "hola, yo soy Maximiliano", con la mayor de las sonrisas y entonces me detuve, entonces te miré llena de cólera y dije, "¿ah, sí?, pues yo soy María Carlota de Bélgica, emperatriz de México y América, yo soy María Carlota Amelia, prima de la reina de Inglaterra, Gran Maestre de la Cruz de San Carlos y virreina de las provincias del Lombardovéneto acogidas por la piedad y la clemencia austríacas bajo las alas del águila bicéfala de la casa de Habsburgo", te dije esto casi sin respirar y tuviste que aguantar la carcajada para decirme "la película no era gran cosa, virreina, si quiere se la cuento o si prefiere podemos irnos a conversar de cualquier cosa, yo no soy Maximiliano, pero quizás sea el cartero que le trae noticias del imperio...", y no eras Maximiliano ciertamente, como yo no era Carlota, ni la mujer de la película que nunca pude ver, yo era la que horas más tarde se reía contigo, la que te bautizó con el único nombre que podías tener, "serás Maximiliano para mí", "Maximiliano no, que no me gusta", pero no me importó si no te gustaba como no te importó a ti si me gustaba ir al cine y pasar la noche cambiándome de asiento, "hoy comencé a leer *Noticias del imperio* y descubrí a Maximiliano, hoy vine a ver una película y encontré a Maximiliano, entonces apareciste tú, hoy sólo puedes llamarte Maximiliano", "Maximiliano no", yo me reía de tus réplicas, te hacía burlas, "Maximiliano, no, no, no, Maximiliano, sí, Maximiliano", y con el tiempo nunca dije tu nombre, siempre la broma a tus objeciones, "no, no, Maximiliano, no", el juego de palabras, "Miliano, no, Liano, no", hasta que llegó, "no, no", y naciste Nonó para llamarte siempre así, aunque me miraras de mala cara, aunque no tuvieras más opción que resignarte al castigo por no dejarme ver la película que además nunca me contaste, aún tenemos esa deuda... aún tenemos tantas deudas, por eso sé que vas a regresar, nunca te gustó dejar las cosas inconclusas, como con los cuadros, te ponías a pintar en las mañanas y no abandonabas el cuartico del fondo hasta que no hubieras acabado, permanecías semanas sin ver el sol para construirlo en el lienzo, así decías, y entonces el último día, después de la creación: el nacimiento que

festejábamos con vino hecho por mí para ado-
rar a las criaturas que salían de tus manos,
yo inventaba la fiesta, ese día me llenaba de
collares y de flores y me ponía el sombrero
que tanto te gustaba, entonces repartía velas
e incienso por la casa y sacaba las copas para
brindar por la vida que surgía del cuartico
del fondo, cenábamos en el piso, yo compraba
de comer cualquier cosa que servía en los platos de porcelana, regalo de mi abuela, yo tan
torpe, Nonó, siempre tan torpe que nunca pude
invitarte a cenar como quería... el otro día
estaba en la cocina picando unos tomates y
me corté con el cuchillo grande que usabas
cuando íbamos de vacaciones al monte, me
puse a pensar que hubiera sido mejor picarlos
con el cuchillo pequeño pero no sabía dónde
estaba y no me importó tanto, la herida no
importó, pero luego... luego fui a freír un huevo y se armó una confusión terrible, de repente
la yema se separó de la clara, no sé, traté de
empujarla con una cuchara, pero la yema se
rompió y entonces ya no era un huevo frito,
creo que la sartén estaba muy caliente o quizás
le faltaba grasa, el asunto fue que aquello empezó a quemarse por un lado mientras el otro
permanecía crudo y blando y yo sentí tanta

tristeza que lo eché todo al fregadero y me largué a llorar como una imbécil, y es que es tan fácil hacer un huevo frito, si hubieras estado allí estaríamos riéndonos, porque sigo siendo torpe, Nonó, y la cocina continúa pareciéndome una nave espacial o un examen de química, mi fábrica de vinos caseros, el lugar donde se hace té o café y se prepara un pan con cualquier cosa que entretenga el hambre, como en los primeros tiempos... llevabas una semana viviendo en casa y yo dándote de mis tisanas con miel y pan tostado, un día te quedaste dándole vueltas a la cucharita del té, así como en un poema, mientras yo bebía y volvía a servirme, entonces me miraste, pregunté si querías más miel y sonreíste, "quiero comer, ¿tú no tienes hambre?", sí tenía hambre pero me daba igual, sólo que a ti no, así que esa noche preparaste nuestra primera cena, "comer es uno de los mejores placeres de la vida", decías y tenías razón, pero cuando salía de tus manos, porque yo... ¿recuerdas el día en que traté de sorprenderte?, pasé la tarde en la cocina maldiciendo las carencias de productos preelaborados, de esos que sólo necesitan agua caliente para crecer y listos, la cocina más rápida y eficaz para aprendices y vagos, pero yo no tenía nada de eso, así que pasé la tarde entre ajos, cebollas y el calor del verano para regalarte la comida que tragaste con sonrisas y elogios a mi disposición, estuve feliz, Nonó, pero en la noche cuando me abrazabas antes de cerrar los ojos, me besaste los párpados y con tanta ternura, con tanto amor en las palabras dijiste a mi oído que los frijoles necesitaban más tiempo para ablandarse bien, que el arroz tenía un tiempo para no quemarse tanto y que antes de hacer una tortilla de papas había que freír las papas, lo dijiste con mucha delicadeza para no herirme, pero a mí se me hizo un nudo en la garganta y me sentí tan inhábil que luego pasé una semana sin querer comer, eludiendo todos tus intentos de hacerme reír mientras lanzabas una tortilla de la sartén y la virabas en el aire, y proponías ser mi maestro de cocina y yo tu maestra vinatera porque no había nadie en el mundo capaz de hacer vinos con lo que yo los hacía... quizá podía haber aprendido a cocinar, no dejo de arrepentirme de cuando me regalaste el libro de cocina y a mí me pareció tal humillación que lo lancé al piso anunciando que nunca iba a convertirme en la cocinera de nadie, ¿la cocinera de quién?, pregunto ahora, siempre soy tan torpe… ¿la cocinera de quién?, si ya volví a mis tisanas y mi pan tostado y no quiero entrar a la cocina porque me pongo a llorar como una imbécil, porque todo tiene tus huellas, y es que me haces falta, no para comer, ya sabes, como para sobrevivir y te juro que aprendería a cocinar, no para ti sino para mí, como decías, pero si tú no estás yo ya no tengo ganas, Nonó, no tengo ganas…

Tuve que parar de escribirte para buscar un pañuelo, es que… me he vuelto un poco sentimental en estos días, no sé por qué… pero cuando abrí la gaveta tuve que reír, ¿sabes qué encontré?, estaba revolviendo las cosas en busca del pañuelo y encontré aquel poema que me hiciste, "El mar no cabe en un cartucho", creo que es uno de los pocos que escribiste, la de la poesía era yo, pero aquella vez te reíste tanto con mi historia que me dedicaste un poema, es que… siempre me ocurren cosas extrañas, te conté que era pequeña y la maestra pidió que lleváramos a la escuela cosas para limpiar el aula y los pupitres, ya sabes cómo es la escuela, entonces en lugar de pedirnos detergente o jabón, ella dijo que necesitábamos espuma, no sé por qué los mayores son tan poco exactos con los niños que son tan exactos, esa noche mientras me bañaba recogí toda la espuma que corría por mi cuerpo y llené un cartucho, estaba contenta, pero al otro día cuando llegué a la escuela solo encontré rostros interrogantes ante mi cartucho vacío, entonces descubrí que la espuma es efímera y estuve muy triste, el día que te hice la historia estábamos frente al mar, el mar es un gigante que impresiona, tú comenzaste a hablarme de su calma y su violencia, de sus horas de paz y sus horas de ira, el mar es grande y es libre, y cuando bate contra las rocas deja un rastro de espuma que se pierde en un instante, pero para que exista ese vaporoso y blanco burbujeo es preciso ser fuerte, hace falta invertir todo el aliento para encontrar la belleza, tenías razón, Nonó, "el mar es demasiado intenso como para caber en un cartucho, y la espuma permanecerá intacta aunque dure apenas un segundo", lo hermoso, aunque efímero, se queda para siempre, como tú, Nonó... mi hombrecito de agua, te has convertido en espuma pero yo te quiero mar, te quiero instante, no recuerdo, deja ya de jugar a ser espuma que el mar no cabe en un cartucho pero tú tampoco...

El otro día vinieron los amigos, Andrea llegó abriendo ventanas y sacudiendo el polvo, dice que parezco una ostra encerrada entre cuatro paredes, pero estoy bien así, el ruido de allá afuera no se cuela dentro de casa y eso me hace bien. Andrea preparó un almuerzo que te encantaría, ella sí sabe cocinar muy bien, estuvimos escuchando música y conversando toda la tarde, querían llevarme de paseo pero logré convencerlos para quedarnos en casa, claro que esto me costó una pelea con nuestra amiga, dije que si salíamos tú no ibas a poder estar con nosotros y se puso brava conmigo, bravísima, Nonó, si la hubieras visto, ellos dicen que deje de mencionarte tanto, debo olvidarte, volverme a enamorar, construir otra vida, ¿te imaginas qué locura?, ¿cómo voy a enamorarme otra vez si aún no he acabado de hacerlo?, nadie entiende nada de los otros aunque se lo proponga, para entender algo hay que estar adentro, por eso ellos no entienden, Nonó, yo vivía en medio de mis desórdenes, libre y feliz de cualquier cosa, sin darle tanta importancia a lo que en realidad no importa tanto, porque los amigos y tú también, a veces, se empeñaban en entender y encontrar explicaciones de todo lo que sucede, como si todo tuviera explicación, encontrarle las cuatro patas al gato, como si no hubiera gatos cojos, no sé por qué; sin embargo yo era feliz simplemente soñando, como una niña, envuelta en mi reguero de libros y tazas sin fregar, hasta que apareciste y con los días algo fue mudando y es que se aprende a amar como a caminar o a reír, yo aprendí a hacerlo y ahora, ¿qué hago con tanto amor que llevo adentro?, ¿dónde lo pongo?, me hiciste un cesto para guardar la ropa sucia, un cesto para las revistas, un cesto hasta para guardar las hojas secas que me gusta recoger en los parques, pero, ¿en qué cesto meto el amor, Nonó?, ¿puedes decirme?, ahora qué hago con tantos recuerdos dándome vueltas en la cabeza, tantos intentos de dormir y tú saltando desde las paredes, desde tus cuadros mirándome convertido en colores e imágenes que huyen del lienzo para meterse en mi cama donde tú ya no estás, ¿qué hago, Nonó?, ni los amigos ni siquiera tú van a poder decirme, por eso estoy confundida, ahora no sé cómo hacer, es que no sé organizarme, ¿ves?, tú mi orden, mi paz, mi ave fénix, mi regalo de los dioses, ¿por qué no vuelves?

Aquel día Raulito me dijo que le regalaron un perro, dice que va a traerlo por aquí y yo, con esta costumbre de relacionar las cosas, enseguida me puse a recordar, ¿te acuerdas del día triste?, llegué a casa llena de lágrimas y culpa, es que cuando venía de regreso vi un perro agonizando en medio de la avenida, algún carro lo había arrollado pero aún estaba vivo, vi la angustia en su rostro, porque seguía allí sin poder hacer nada, echada su suerte a la suerte de una goma que finalmente le pasara por arriba para acabar con tanto desconsuelo, y yo tampoco supe hacer nada, podía quizás haberlo quitado del medio y condenarlo a la espera, al conteo final, pero no pude, por eso llegué a casa culpable e infeliz, tú besaste mi mejilla y saliste, a tu regreso traías una bolsa con el perro ya muerto, lo enterramos al fondo de la casa, yo escribí su epitafio, el mes siguiente en ese pedazo de tierra nacieron flores y entonces fui feliz, fui más feliz por el perro y por ti, por saber que siempre estarías cerca, como decías...

No sé por qué te escribo lo del perro si prometimos nunca hablar de él, mejor recordar lo alegre, ¿no?, Maximiliano y Carlota, siempre nos gustaron los gorriones porque son libres, desordenados y felices, decías que yo había sido gorrión en una de mis vidas anteriores y eso me daba gracia, aunque ahora me gustaría sí, me gustaría tener alas para salir a buscarte en cualquier árbol... un día de vientos y lluvia, cuando aún existía el álamo del barrio, llegamos a casa y encontramos dos gorriones tirados en la hierba, completamente mojados y con frío, tan pequeños que nos sobraba una mano para sostenerlos y los llevamos a casa para darles calor y comida, Maximiliano y Carlota, así los llamamos por nuestra vieja historia, claro, era extraordinario descubrir cómo día a día empezaron a recuperar sus plumas, a veces nos los tropezábamos caminando por la casa, como dos inquilinos más usando nuestras cosas para dormir, hasta que un día, al volver de noche, ya no estaban, busqué en cada rincón, en cada hueco porque las ventanas estaban cerradas y no tenían por dónde salir, pero ni rastro, Maximiliano y Carlota partieron cuando estuvieron listos para el viaje, yo sentía pena porque no me dieron tiempo de despedirlos, pero tú decías que quien nace libre nunca necesitará una ventana abierta para volar, quien nace libre va a encontrar la forma de volver a su naturaleza y los gorriones son libres, por eso se echaron a volar juntos, Maximiliano y Carlota, como tú y yo, sólo que tú partiste y me dejaste sola, Nonó, muy sola y con las alas marchitas.

Ahora en verdad ni siquiera sé por qué te escribo, me quedo en las noches dándole vueltas al papel, llenándolo de palabras torpes, y ni sé a dónde enviar tus cartas, escribo y las echo en el cesto de las hojas secas, son casi lo mismo, y como hace días que no salgo a los parques no tengo nuevas hojas, de todas formas son casi lo mismo, todas se van marchitando, mudan de color y se hacen viejas como nosotros, cada día se nos cae una hoja más del cuerpo, la historia de los árboles no está en su tronco sino en los cientos de estaciones que guardan las hojas caídas a su alrededor, las hojas que la gente barre inútilmente como nosotros con los recuerdos y tus recuerdos vagan por la casa, se suben al librero, desordenan la cocina, tropiezan conmigo y yo los dejo pasar, les doy un beso y luego les sonrío tristemente, porque siempre acabo triste, Nonó, como la zorra de Saint-Exúpery, la zorra que tú domesticaste acercándote cada día un poco más hasta que estuviste adentro, y ahora… ahora no sé a qué hora vas a regresar, por eso mi cuerpo se mantiene agitado, pasan las cuatro, las cinco y las seis y ningún día es diferente de los otros, ninguna hora la tuya... a veces me recuesto a la ventana de madrugada, es hermosa la ciudad dormida en la hora de los gatos, y siento que tú te revuelves en la cama pero no puedo virar el rostro, no puedo sentarme junto a ti como hacía antes para verte dormido, eras tan apacible, Nonó, la zorra tenía razón, "si uno se deja domesticar, corre el riesgo de llorar un poco", pero ya yo he llorado demasiado y no es justo, no puedo ni quiero, sin ti, no quiero, no tengo ganas, simplemente no tengo ganas... te vas a molestar si te digo que las flores del perro se marchitaron todas, todas de repente, que el libro que dejaste abierto en la mesita de noche no pienso guardarlo en el librero, que las arañas construyen ciudades encima de tus lienzos en el cuartico del fondo, que todo está intacto, Nonó, esperando por ti, todo, como yo que no encuentro el hilo para escapar del laberinto y tampoco quiero porque sé que vas a regresar, porque yo no soy Carlota ni tú Maximiliano y no voy a enloquecer respirando el aire de tu ausencia... el otro día Andrea me dijo que vendría el domingo a buscarme para llevarte flores al mar, ¿qué absurdo es ése, Nonó?, las flores son para los

muertos, yo no tengo que llevarte flores a
ninguna parte, no sé dónde estás, no me importa dónde estás, no quiero que me digan
nada, ni que vengan todos tan torpes a pasarme
la mano por la cabeza, por eso cierro las ventanas, para impedir que ellos pasen y tú escapes nuevamente y me siento a esperarte
rodeada de tus cuadros porque sé que vas a
regresar, me lo dijiste, "siempre vamos a estar
juntos", ¿qué absurdo es éste de convertirte
en espuma?, sabes que detesto la espuma,
Nonó, no me obligues ahora a detestar el mar,
así que vuelve, tú sabes dónde encontrarme,
yo estaré siempre sentada en la banda derecha
de la parte de arriba, donde casi nunca hay
nadie, y a mi alrededor los asientos están vacíos
para que tú te sientes, estaré allí o en cualquier
parque recogiendo hojitas secas, regalo de los
árboles, o llorando un perro muerto en la avenida, o frente al mar, asistiendo al nacimiento
de la espuma, o dando de comer a los gorriones,
o en cualquier madrugada frente a la ventana
te estaré esperando con un té con miel, o sentada en el piso, Nonó, encendiendo las velas
y el incienso, con una botella de vino hecho
por mí de cualquier cosa, y dos copas, para
ti y para mí, y el sombrero que tanto te gus-

taba, esperando que se abra la puerta del cuartico del fondo y aparezcas tú, Nonó, mi Nonó,
mi hombrecito de agua, mi bitácora, deja ya
de ser espuma, por favor, y cuando puedas,
regresa.

EL ALMACÉN DE LOS ESPEJOS

N unca me gustó el almacén de los espejos.
Era encontrarme tantas veces y otra
vez y una vez más, yo en cada pared, en el
piso, en los rincones, una mueca, una imagen,
una y mil veces una imagen repetida en cada
espejo.

Vivíamos en un edificio en las afueras de
la ciudad. En el sótano se guardaban los restos de espejos que se rompían en cada apartamento. El encargado era un señor muy viejo.
De niños nos escondíamos debajo de la escalera
cuando lo veíamos bajar con los pedazos de
espejo para lanzarlos al sótano, entonces apro-
vechábamos para empujarlo y entrar corriendo
a escondernos donde no pudiera hallarnos.
Yo permanecía junto a la puerta mirando cómo
peleaba tratando de atrapar a los demás, que

reían corriendo por todo el sótano, confundidos con su propia imagen. Al final del juego huíamos dejando al viejo en el piso, lleno de golpes y cargándonos de insultos y promesas de quejarse a nuestros padres.

Cuando el encargado murió cerraron el almacén de los espejos, entonces los pedazos rotos comenzaron a tirarse a la basura que el carro se llevaba en la mañana. El sótano fue llenándose de telas de araña y nosotros creciendo. Los juegos infantiles reposaron en las gavetas y el almacén se convirtió en un sitio oculto tras una puerta con un cartel de clausurado.

Pasaron los años. Un día decidí mudarme del edificio. Recorrí apartamento por apartamento despidiéndome de los amigos de la infancia y pensé que aquel viejo sótano también había sido parte de mi niñez aunque no me gustara visitarlo. Era ese miedo extraño, no sé, esa sensación de estar en todas partes la que me impedía sentirme a gusto, pero quise verlo por última vez.

El tiempo es un monstruo que pasa dejando huellas. El almacén estaba distinto, polvo y arañas se habían encargado de transformarlo. Primero fuimos tres atravesando la puerta, cuatro moviendo el mismo pie, cinco sonriendo, luego fui llenando el espacio y era toda yo, solo de mí conmigo en el centro, de espaldas, de cabeza, de perfil. Resultaba inquietante y a la vez atractivo, no podía imaginar cómo un lugar así pudo causarme tanto miedo de pequeña. Entonces comencé a danzar y eran mis brazos dando vueltas, mi cuerpo dividido en una esquina, mi rostro observándome desde mi propia espalda, comencé a reír y descubrí qué era mi carcajada, una boca abierta mostrando la dentadura y no una boca, sino mi boca. Cuando uno se para frente a un espejo no es la imagen lo que está del lado de allá haciéndonos muecas y sonriendo, la imagen es el lado de acá, mirarse no era repetirse sino descubrir eso que era yo realmente. Entonces nunca tuve miedo de confundirme conmigo misma, sino que prefería vivir sin la certeza de no ser como quisiera haber sido. Los espejos son como los grabadores, un día te escuchas y piensas, no soy yo, y nadie está convencido de su propia voz porque nadie es capaz de escucharla, como no estaríamos convencidos de nuestro cuerpo si no existieran los espejos, por eso la gente les pone sábanas blancas encima o los lanza a la basura antes de lanzarse ellos.

Era extraño, danzaba y danzaba, daba vueltas, pensaba, nunca descubrimos nuestro propio rostro, nunca escuchamos nuestra propia voz, reía a carcajadas y era bueno reír, se estaba tan bien dando vueltas que llegó el momento en que no supe si era yo o los espejos quienes daban vueltas y quise parar, pero ya no supe encontrarme, vi mis brazos junto a mí y no pude tocarlos, me herí las manos y ya no podía parar, no podía dejar de contemplarme en aquel constante ir y venir cortando el aire, en el techo descubrí que mis piernas también se habían herido pero era bueno seguir y no parar nunca, nunca dejar de mirarme, era tan hermosa y era tan hermosa porque era yo.

Entonces sentí un portazo, y el almacén de los espejos quedó totalmente a oscuras, quise escapar, salir de allí, pero ya no podía moverme, no podía dar vueltas y danzar como hacía unos instantes. Quedé atrapada en un espejo. Sentí mi risa del lado de allá de la puerta y quise llamarme, pero no podía hablar, todos me despedían afuera y yo sin poder gritarles que estaba aquí, escuchando cómo clavaban nuevamente el cartel de clausurado y descubriendo mis pasos en la hierba, mi alegría por ser libre, por fin libre. De improviso sentí cómo los espejos comenzaban a moverse y de todas partes salían mis amigos de la infancia, corriendo mientras el viejo juraba que esta vez sí iba a quejarse ante los padres, pero era tarde, nunca se quejó y ahora estábamos todos juntos, una vez más y para siempre juntos, en el almacén de los espejos.

MARTES 5.00 A.M.

A ti, cuando no tenías nombre,
porque luego lo supe, pero ésa es otra historia.

Y yo salí pensando que esos friquis me iban a causar algún problema. Causarme algún problema, sí, porque ese día andaba hecha un desastre, había pasado toda la tarde frente a la máquina de escribir con unos audífonos en las orejas transcribiendo la entrevista de un tipo, ¡qué tipo más complicado!, pero no, no voy a hacer la historia del tipo sino de cuando salí de su casa. Resulta que, como dije, andaba hecha un desastre, tenía puesto un jeans muy gastado y un pulóver grandísimo con el cuello muy ancho que lo hacía caerse a un lado dejando ver mi hombro, todo de lo más sexy, además llevaba unos tenis a los que, como a todos los tenis de esta ciudad, había tenido que pegarle suelitas de goma a la suela ya gastada de recorrer tantas y tantas calles. El problema era que la suelita anexa de la derecha se me estaba despegando, motivo más que suficiente para que mi caminar se tornara un tanto saltarín y sobre todo, nada estable. Encima de toda esta indumentaria, tenía el pelo recogido en un moño de tal forma que algunos mechones caían sobre mi cara, nada ex profeso como las modelos en las revistas sino más bien cuestión del descuido y del calor del trópico. Para terminar, iba cargando uno de esos bolsos gigantes con los que una carga y éste me obligaba a encorvarme un poco por su peso.

Los bolsos de las mujeres siempre pesan mucho y es que nosotras acostumbramos a llevar varias cosas encima, sobre todo en esta ciudad donde no se encuentra nada en ninguna parte, por ejemplo en el mío traigo: bolígrafo, lápiz, espejuelos, papel sanitario, espejito, monedero (con o sin dinero), carnet de identidad, creyón labial, jabón, desodorante, cepillo y pasta de dientes, aspirinas, papel para escribir, gafas para el sol, vaso, cuchara, jabita de plástico para cargar cosas, hilo y aguja de coser, fosforera, un libro, preservativos, sí, muchísimas cosas. Una mujer debe estar preparada por si la sorprende la noche fuera de casa o si se tropieza con comida y no hay cubiertos, en fin, para todo, por eso el bolso de una mujer es un mundo donde cualquiera puede perderse. Pero aquel día, además de esas cosas, llevaba unos papeles muy importantes del trabajo que estaba haciendo y ante la vista de un intruso podían provocar indiscretas preguntas.

Fue por eso que me puse a pensar. Yo andaba sola por una calle oscura hasta que tropecé con aquellos friquis a la salida de un concierto de rock. Era evidentemente que el espectáculo había terminado con una bronca, porque muchos corrían y las muchachas gritaban. En estas condiciones, nada hubiera sido más normal que llegara la policía y empezara a meter pelúos en la jaula y yo, como estaba en medio de la turba y, con semejante indumentaria, por más que jurara no iba a convencer a nadie de que andaba por ahí de pura casualidad. Entonces, naturalmente, me iban a conducir a la estación, con el cansancio que traía, y seguramente virarían mi bolso encima de un buró para revisar lo que llevaba. Como los policías se creen tan avispados, lo más probable es que al descubrir los preservativos me miraran con caras de malicia y yo pensaría "imbéciles", luego seguirían hurgando hasta encontrar mis papeles que considerarían más que sospechosos. ¡Imagínate tú! Estaba haciendo un trabajo sobre los años sesenta en los Estados Unidos y ese día mis papeles sólo hablaban de drogas. Sin dudas a los compañeros policías se les erizarían todos los pelos del cuerpo y preguntarían qué significaban aquellos papeles llenos de nombres de drogas y de explicaciones sobre la forma de utilizarlas. Yo respondería que era un trabajo que estaba haciendo y ellos me mirarían de arriba a abajo, de abajo a arriba, ¿un trabajo?, ¿con tu cuerpo? Y no sabría qué decirles. Luego sería el caos, porque ante tales evidencias obviamente acababa de convertirme en una sospechosa y ellos continuarían en la búsqueda de indicios incriminatorios hasta llegar a descubrir que, además de aquellas cosas, ese día yo llevaba un paquete con jabones que me habían regalado. ¡Apocalipsis Now! ¿Qué decir? Con lo ausente que está el jabón en nuestros días podrían acusarme de negociante. ¿Negociante yo que lo único que quiero es bañarme? Por fortuna nada de eso pasó, porque yo no he estado nunca más de quince minutos en una estación de policías, una vez nada más, pero ésa es otra historia.

El asunto es que aquella noche comencé a caminar con todos aquellos pensamientos y por eso apreté el paso cuando pasé cerca de los friquis. Felizmente la policía no se apareció y es extraño porque los friquis tienen la mala suerte de que a la policía no le guste su música. ¿O será que le gusta demasiado? Bueno, ése no es el tema que traía. En fin que andando y andando pude separarme del tumulto y respiré aliviada. De tantas cosas que se me iban ocurriendo apenas sentí el viaje a pie. Sí, porque mi regreso a casa se dividía en dos viajes, uno a pie, bajando por Paseo para bordear el cementerio hasta llegar a la calle 24 y otro en guagua, incluyendo la estancia en la parada. Y todo este recorrido porque ya era demasiado tarde, claro, normalmente yo viajo en *botella*, pero de noche no me gusta. Nunca se sabe a quién te puedes encontrar detrás del timón, yo he conocido a cada gente... Como el señor que me dio *botella* en la mañana de ese mismo día. Un temba de guayabera y musiquilla americana que hasta me invitó a desayunar y por eso llegué tarde al trabajo. Un buen desayuno no se le niega a nadie y mucho menos en estos tiempos, además el tipo parecía buena gente. Quedé en llamarlo para conversar sobre el trabajo que comentó, porque nunca se sabe, "quien tiene un amigo, tiene un central", y ya veremos. Pero ésa será otra historia.

Aquella noche entre pensamientos y prisas el camino a pie me pareció corto. Y menos mal, porque la calle que bordea el cementerio es bastante oscura, sobre todo ahora con tantos apagones. Entonces hay muchos tipos que se esconden a masturbarse, aunque yo estaba tan cansada que verdaderamente me daba igual. Lo que más deseaba era llegar a casa para acostarme a dormir. Claro que cuando una llega a una parada de guaguas lo de acostarse a dormir puede convertirse en una dulce quimera. Casi me eché a reír cuando llegué, porque no parecía que fuera madrugada. Y si digo reír, es porque siempre es mejor que llorar sin poder resolver nada. Las aceras estaban llenas de viajeros a la expectativa, tanta gente conversando, tanta gente brindándose cigarros a ver quién hacía más agradable la espera.

Yo, que estaba muerta de cansancio y casi obligándome a abrir bien los ojos, me senté en un murito para esperar mi guagua con estoica paciencia y así descubrir cómo poco a poco, mis ganas de dormir se iban haciendo trizas contra aquella calle que sonreía, pensando: esta gente se está volviendo loca. Entonces noté que alguien se acercaba a mi murito para sentarse junto a mí mientras comentaba lo malo que está el transporte o algo similar, y yo, repentinamente, deseosa de que siguiera hablando porque la tela de su camisa era transparente y pude ver en el bolsillo una caja de cigarros y los míos ya se habían terminado. Yo con tremendas ganas de que al tipo se le ocurriera fumar y continuara hablando. Confiando claro, en su educación, porque podía ser una de esas personas que se pone a fumar delante de ti y ni por elemental cortesía le viene en mente brindarte, y con lo caro que está el cigarro ahora, hay gente que hasta los esconde. Tengo un amigo, por ejemplo, que sale a la calle con los cigarros ocultos en el bolso y pone solamente uno en la cajetilla que guarda o en el bolsillo de su camisa o simplemente en el pantalón. Si alguien le pide uno, él agarra su cajetilla bien dispuesto y dice "mira, es el último", entonces a la otra persona le da pena "olvídalo, no te preocupes" y se va.

A mi amigo le funciona su estrategia, no con quien la conoce, lógicamente, pero al tipo de la parada yo no lo conocía y por fortuna no era de los que se andan con estratagemas para ahorrar cigarros, o a lo mejor tenía un socio en la fábrica, ¿quién sabe? El caso fue que sacó su cajetilla y me brindó. Acepté y, por supuesto, le ofrecí mi fosforera. Ya en verdad su conversación no me interesaba, pero no soy de los que toman lo que quieren y se van. Yo soy educada. Él me invitó a unas palabras y acepté porque sí, porque no era grata aquella espera y tenía mucho sueño, y buscando toda forma de no quedarme dormida pregunté la hora o cualquier cosa y él sonrió. La noche estaba hecha. Luego cualquier cosa bastaba para no desperdiciar el tiempo, para no sentir que los minutos escapan y nos hacen viejos sin vivirlos.

Comenzamos a hablar. Tenía cara de ingeniero y los ingenieros no me gustan, pero llegó la guagua y él me ayudó a subir, comentando lo llena que estaba y lo de siempre. Viajamos a medio centímetro de distancia, respirando unos arriba de los otros, sintiendo unos los olores de los otros. Las guaguas son un paraíso erótico, ¿o un infierno?, qué sé yo. El asunto fue que bajamos en la misma parada y resultó que él podía acompañarme parte del camino. Qué coincidencia, pensé. Sí, porque la última etapa de mi viaje a casa consistía en caminar casi un kilómetro desde la parada hasta la puerta que se abre con la llave que está en mi bolso. En verdad esa guagua me deja un poco lejos y era tarde, entonces él propuso que tomáramos un café en su casa, total, era cerca y ¿por qué no?, dije yo. Acepté porque al final, parecía que estábamos en pleno mediodía, esa parada también estaba inundada de viajeros en espera y existía una casi música entre quejas y conversaciones furtivas. La Habana no tiene hora para irse a dormir, aunque quisiera, tal vez, quisiera, pero el transporte no la deja.

Cuando llegamos a su casa nos fuimos a la cocina pero "trata de no hacer bulla para que no se despierte mi abuela". Yo no hice ruido, realmente era muy tarde para andar conociendo a la familia de un desconocido y en lo que esperábamos por la cafetera, él sonrió. "¿Qué tal te vendría un roncito?" Yo tenía el estómago vacío, un hambre milenaria, pero en fin de cuentas aquí todos estamos acostumbrados al ayuno. Creo, además, que un ron nunca viene mal, y de todas formas a esa altura de la noche ya casi había perdido el sueño. A decir verdad, en lo que menos pensaba era en dormir, entonces respondí "bueno, un roncito, ¿y por qué no?". La cafetera terminó de colar y nos fuimos para el cuarto de él, por aquello de hacer el menor ruido. Un café fuerte y bien caliente a las tantas de la madrugada es siempre algo agradable, un café y un ron y nada de bromas: Havana Club del de verdad. No sé si el tipo tenía un amigo también en esta fábrica, pero eso era mejor no preguntarlo.

Luego comenzaron las palabras, un montón de palabras, versos nuevos para mí y él que desconocía mi debilidad por los poemas, aunque en el fondo quizá la sospechaba. Y venga otro café. El cuarto estaba lleno de libros. Nosotros continuamos hablando de un sinnúmero de cosas y un roncito más, nos fuimos emocionando con infinidad de temas y así se nos fue olvidando que no se podía hacer ruido y se despertó la abuela.

Me presentó como una vieja amiga y yo con unas cuantas copas de más tenía ganas de reírme de la cara que puso la señora, porque al final, ¿qué podía importarme si no la conocía ni a ella ni a su nieto? "Buenas noches, señora", "Buenas noches, mi niña, hablen bajito". Y otro ron, otro café, se acabó el café y seguimos con el ron, entonces vino Lezama Lima y "¡Ah, que tú escapes!…". En ese momento él se enamoró de mí. Dije que no podía estar enamorado y él que sí, que me amaba y necesitaba darme un beso, pero como los dos estábamos medio borrachos todo nos daba risa. Él ponía cara de tragedia, me amaba, sin dudas me amaba, me amaba con todas las fuerzas de su corazón, ese día, en ese momento, me amaba, y yo a reírme.

Aquella noche pudieron haber ocurrido muchas cosas, por ejemplo, que yo siguiera su juego y entre copa y copa nos desnudáramos y todo hubiera sido tan libre aunque al otro día despertara sin saber quién dormía a mi lado. Otra cosa podría ser que él fuera un malhechor y ante mi negativa a besarlo me tomara entre sus brazos y me lanzara a la cama. Yo gritaría enérgicamente y la abuela sin despertar (las abuelas sólo despiertan cuando no hacen falta), entonces en un arranque brutal me rompía las ropas y me violaba. Tengo un amigo que afirma que toda mujer ansía una buena violación. Mi amigo no sabe nada de las mujeres. En fin, por fortuna nada de eso ocurrió, mi acompañante no tenía ni cara ni intenciones de violarme, él sólo quería que lo besara y yo me empeñaba en no hacerlo. Él argumentaba lo de siempre, los hombres siempre utilizan los mismos argumentos, le piden a una que se libere, que olvide los prejuicios, que sea espontánea, ¡imagínate tú! si una va a hacer esto con todo el que lo pida ya me hubiera acostado con media ciudad. Es un decir, claro, pero yo ya me sabía el cuento de la libertad y los prejuicios y hace rato aprendí que a un hombre puede creérsele algo mientras la botella está cerrada pero una vez que se abre, nada, no puede creerse nada de lo que dice. No sé por qué los tipos en cuanto se dan dos tragos les da por "enamorarse", los hombres son tan curiosos...

Mi acompañante siguió insistiendo y yo negándome, pero era divertido porque continuábamos bebiendo y recitando. Él sabía cantidad de poemas de Lezama y a mí me gustaba eso. Era como un juego, entre risa y risa me acariciaba la cabeza y entre risa y risa yo le retiraba la mano, así más o menos, un vaivén de risas y manos hasta que dije que tenía que irme, porque a todas estas el día siguiente debía ir a trabajar, pero él no quería que me fuera. Dijo que nos terminábamos la botella y luego me podía quedar a dormir, prometía solemnemente que no me tocaría ni un pelo. ¿Pero estás loco?, que yo no soy boba, hombre, con tanto alcohol no dudo que no fuera el pelo precisamente lo que le interesaría tocarme, además, al otro día cuando se me quitara la borrachera ¿con qué cara miraría a la abuela? No, yo tenía que irme, la noche se había hecho demasiado vieja, sólo que entre tantas letras y licores, "quédate un ratico más" y yo me quedé porque en realidad me importaba una mierda llegar tarde al trabajo o no llegar. Todo hasta que se acabó la botella y entonces sí había que marcharse. "Entonces, te acompaño", dijo él.

Por el camino los dos haciendo eses como verdaderos borrachos y "¡Ah, que tú escapes!", otra vez Lezama en sus labios y ataques de risa para los dos. La madrugada en el barrio, aburrido barrio, bello durmiente barrio y nosotros riéndonos de los perros callejeros. Él se arrodilló en el piso y con todo su aliento etílico y poético pronunció unas palabras que reclamaban mi amor. Yo risas y más risas, no lo podía evitar. Llegamos a casa a duras penas. Nos recostamos en el murito que precede el inicio de la escalera oscura y anotamos unos teléfonos, ni me acuerdo dónde. Por fortuna el teléfono de mi trabajo siempre anda descompuesto y por eso se lo doy a cualquiera, total, que me importan los desconocidos. En fin de cuentas ni sé cómo se llama éste y él seguramente en la mañana sospecharía que no pasó la noche solo al descubrir la botella vacía; por lo demás, no existimos.

Luego de lo que conseguí fueran sus últimos versos y como era demasiado tarde, logré esquivarlo de la forma más diplomática que conozco y mira que conozco formas diplomáticas. Él se fue dando tumbos y antes de doblar en la esquina alzó su mano majestuosamente para dedicarme un concluyente: "¡Ah, que tú escapes!" Sinceramente, y para continuar con los versos de Lezama, no creo que yo hubiera alcanzado en ese momento mi "definición mejor", más bien todo lo contrario, porque me costó muchísimo trabajo subir a oscuras sin tropezar con los escalones y luego hallar el hueco de la cerradura hasta que finalmente entré en la oscuridad de mamá, que por fortuna no despertó. Traté de no hacer ruido (como con la abuela), hasta que alcancé mi cuarto y me senté en la cama.

Me sentía exhausta, pero al encender la lámpara de noche tropecé con un libro encima de la mesita. Un libro con una pequeña nota de otro muchacho que conocí la semana anterior. ¡Qué cabeza la mía! Por lo visto estuvo esperándome en casa durante dos horas, hasta que mamá se fue a dormir. Guardé la nota en mi bolso y me entregué a la lectura de la primera página del libro, sólo que las líneas se me escurrían, no sé, las palabras jugaban a cambiarse constantemente de renglón. ¿Sería por el ron? Mejor ni averiguarlo. De lo que sí tengo certeza es de que todo me daba risa y se me ocurrió pensar que si hubiera estado en casa cuando vino este otro muchacho, quizá hubiéramos ido a dar una vuelta para empezar a conocernos, porque apenas nos conocemos. Lo vi por primera vez hace unos días en un concierto. Parece un buen tipo y dice que quiere ser escritor. A los que soñamos este oficio nos sucede que apenas llevamos unos minutos de conocernos y ya nos queremos leer los unos a los otros nuestras obras completas. La noche del concierto terminamos en el malecón, él leyó un cuento de treinta y cinco cuartillas y yo uno de treinta y dos, por eso no tuvimos mucho tiempo para hablar de otras cosas, pero prometió prestarme un libro y así lo hizo. Yo con tantas cosas que tengo en la cabeza ni me acordaba de su visita, pero me dio mucha alegría, eso sí. El único problema era que aquella noche, después de tanto ron, apenas pude pasar del título del libro. Qué noche extraña, pensé mientras me cepillaba los dientes.

Entonces me senté frente a la máquina de escribir para acordarme del rostro de mi nuevo amigo y del recitador de Lezama y del señor de la *botella* en la mañana, que no fue de ron, y que será otra historia, porque a ése no le di el teléfono del trabajo sino el de la casa que a veces funciona como todos los teléfonos de esta ciudad. ¡Qué madrugada, madre mía! Eran las cinco de la mañana y yo intentando escribir en mi vieja Remignton. Por fortuna aquí los vecinos no se lamentan por los ruidos nocturnos, ¿y con qué cara se van a lamentar? Ellos me condenan a su música a todo volumen y yo con mi teclear de madrugada los pongo a soñar con bailarinas de tap tap. "Coexistencia pacífica", digo yo. El asunto es que aquella noche, de repente tuve ganas de escribir, contar alguna historia, no sé, pero no se me ocurría nada y apoyé las manos sobre la mesa pensando que en la mañana sería mamá despertándome, yo estaría con un sueño horrible, como siempre, tratando de inventar alguna excusa para no ir al trabajo que detesto. Quería escribir, pero tenía un sueño tan grande que tuve que cerrar la máquina, visto que mis dedos se negaban a dar muestras de coherencia. Entonces traté de tropezar lo menos posible hasta llegar a la cama y sonreírle al techo pensando que es una maravilla la de estar viviendo un día más, que el mundo de vueltas cuando cierro los ojos y en la mente se me confundan las imágenes, un desconocido en la parada, un cigarro, un café, la máquina de escribir, el cansancio y recordar que yo salí pensando que esos friquis me iban a causar algún problema...

EN ESTA CASA
HAY UN FANTASMA

E n esta casa hay un fantasma. Eso pensó
cuando despertó totalmente convencida
de que una vez más los espejuelos habían ama-
necido frente a la máquina de escribir y no
en sus ojos, como era natural en alguien que
se queda dormido frente a un libro. Según los
amigos, era posible que ella, en algún momento
de la noche, despertara y se sentara a escribir,
en ese caso el amanecer de los lentes tendría
justificación lógica, pero no creía en eso. Nunca había escuchado en su familia historias de
sonámbulos, y si ése fuera el caso, cómo explicar que sus ínfulas de escritora nocturna
no dejaran huella en los papeles. La máquina
de escribir y los espejuelos, nunca un papel,

ni siquiera restos. Toda la mesa limpia y los malditos espejuelos.

Quizás no escribes nada, le decían, pero resultaba un poco absurdo. No podía ser normal que alguien despertara en la noche a juguetear con palabras y el papel no fuera más que viento. No, definitivamente nadie iba a convencerla de locuras o sonambulismos, ella se entregaba a una lectura ligera antes de Morfeo, y luego alguien se acercaba sigilosamente y tomaba sus lentes, ésa era la cuestión. En noches de amantes, la apertura del sueño no era la literatura, por tanto, poco importaba el paradero de los espejuelos, pero en noches de no amor, las más comunes, sólo un fantasma podía tomar cuerpo en las tinieblas y disponer así, tan resueltamente, de sus pertenencias.

La soledad de una mujer puede resultar peligrosa, su madre siempre lo había dicho. Por eso ella tenía la costumbre de conversar largas horas con su escritor favorito, que la miraba desde un cuadro en la pared. Su escritor y su gato, que paraba las orejas y se alejaba lentamente mientras ella se empeñaba en explicarle que el mundo era una pequeña fracción del universo y que por tanto no podía excluirse la posibilidad de otras existencias, tema que no encontraba oídos en el gato, quien sin tanta filosofía quedaba convencido de que le aguardaba otra noche más sin alimentos.

Para ella, el felino estaba libre de sospechas, por mucha miopía que tuviera no necesitaba de espejuelos para ver el plato de comida. Entonces, eliminando todo delirio nocturno en su personalidad, sólo quedaba pensar que su casa estaba habitada por fantasmas. Pero los fantasmas no existen, ésa era una afirmación, no sabía si cierta o invento perverso de alguien empeñado en arruinar escritores. De lo que estaba convencida era de que para un psicólogo de nuestro tiempo su historia resultaba risible y de fácil solución con algunas pastillas para dormir.

Una noche decidió hacer algo. Quería saber de veras si todo hasta ese momento había sido fruto de su imaginación pues, entretenida como siempre, nunca recordaba dónde dejaba los espejuelos antes de la cama; o si por el contrario, iba a verse en la prensa internacional como la persona que demostró la existencia de los fantasmas. Ató fuertemente los espejuelos a una de sus manos y se acurrucó sobre ésta de forma tal que cualquier movimiento pudiera despertarla.

El amanecer fue reconfortante. Los queridos amigos que la ayudaban a ver de cerca descansaban junto a su mano y, salvo el dolor en la espalda provocado por la posición nocturna, todo marchaba bien. Estiró el cuerpo mirando al techo y sonrió complacida, aunque de veras la idea de aparecer en la prensa la había tentado un poco. Ya inventaré otro modo, se dijo y abandonó la cama porque Minino reclamaba el desayuno.

Unos buenos días para él y para el escritor que parecía bostezar desde la pared, pero ni el bostezo de un cuadro ni el maullido, nada pudo desviar su atención. Primero habían sido los espejuelos, ahora era la mesa, sobre la mesa la máquina de escribir, junto a la máquina de escribir un cenicero lleno de colillas y una taza de té a medio tomar. ¡En esta casa hay un fantasma!, gritó. Ella no fumaba, apenas tomaba té y estaba completamente segura de no haberse levantado en toda la noche, si no, ¿a qué tanto dolor en la espalda? Ya no le interesaba la prensa internacional, ni le importaba si el gato chillaba estirándose las uñas en sus piernas, sólo quería saber quién o quiénes intentaban enloquecerla de esta forma.

Ése fue sólo el comienzo. A partir de ahí, amanecer era descubrir considerables cambios en el cuarto: libros en el piso, platos sucios, discos fuera de lugar. Una mañana se levantó y la cama estaba en la esquina diagonalmente opuesta a donde se había acostado. Estaba aterrorizada. No quería que nadie supiera de estas cosas, la mandarían al médico, la acusarían de pérdida de facultades, la tratarían como a una enferma y no creerían nunca que en su casa había un fantasma, eso sólo lo sabía ella porque hasta Minino dejó de hacerle caso y se fue a la calle en busca de alimentos para no regresar. Su obsesión llegó a tal límite que en las noches se sentaba frente a su escritor favorito, hablaba y hablaba, él era el único que no podía acusarla, el único que no saldría espantado y le permitiría llorar a gusto hasta quedarse dormida en el suelo.

Pero no estaba loca. Nadie iba a volverla loca. Las cosas no se mueven por sí solas, siempre hay una mano detrás del escenario y ella la descubriría. Se propuso entonces no dormir, ésa era la solución. Su casa iba a seguir siendo su casa, y si alguien quería compartirla llegarían a un acuerdo con previa autorización del escritor y del gato, que ya se encargaría ella de hacer que regresara, porque si algo resultaba evidente era que esa otra persona no se molestaba para nada con su presencia. Las cosas de la casa seguían siendo las mismas, sólo que cambiaban de lugar y a veces amanecían regadas. Si el fantasma compartía su mismo sitio, por qué entonces no llegar al tan mencionado acuerdo de paz y convivir compartiendo el alquiler y las ocupaciones propias de una casa. En esos momentos ya había olvidado por completo la prensa internacional y los descubrimientos, es más, si fuera necesario, estaba dispuesta a no revelar nunca la identidad de su acompañante. Lo que no entendía era por qué, si ambos habitaban el mismo espacio y en el mismo tiempo, el fantasma nunca daba la cara, por qué solamente esa atmósfera cargada de presencia ajena. No dormir era la solución. Permanecería despierta toda la noche, segura de que en algún instante el fantasma dejaría de ser presentimiento para convertirse en realidad.

El proceso fue lento. Cada noche dormía un poco menos hasta que lo logró, permaneció más de setenta y dos horas sin cerrar los ojos, pero no vio a nadie. Estaba agotada, sentía que se iba desgastando y nada merecía tal esfuerzo. Lloró de soledad. Minino andaba lejos y el cuadro de la pared agonizaba tras el polvo. Los párpados empezaron a cerrarse, tanto cansancio acumulado, tantos intentos y al final esto no podía ser locura. Los párpados pesaban demasiado, tanta impotencia, cuánta incertidumbre. Los párpados se cerraron. Minutos de un letargo inevitable, liberar un poco las tensiones de la piel. Los párpados se abrieron. Apenas breves instantes. Estar sola y sólo poder hablarle a un cuadro en la pared... Uncuadro-en-la-pared. La mirada quedó fija en el cuadro: ella estaba sonriendo en esa foto.

El teclear de la máquina de escribir la hizo dar la vuelta. Se puso de pie. Su escritor favorito estaba ante la máquina. Ella se acercó y lo miró lentamente pero era como si no existiera, le acarició el rostro y fue apenas una brisa entrando con la noche. Estaba en su cuarto, Minino por fin nunca apareció, la cama continuaba en su nuevo sitio, se sentó: de veras estoy tan cansada.

Su escritor favorito detuvo las letras, tomó un sorbo de té y se pasó las manos por el pelo mirando el cuadro donde ella sonreía. Entonces encendió un cigarro y, apartando la vista de su mujer favorita, volvió al teclado y escribió: "En esta casa hay un fantasma…"

ELENA & ELENA

Septiembre 19

Hoy Elena vino a vivir a casa. Por la mañana trajo sus cosas y arreglé un espacio en el clóset para que lo guardara todo. Estoy contenta de poder ayudarla y en definitiva esto es bueno para las dos porque a veces me siento sola y aburrida entre estas cuatro paredes, por otra parte pienso que a Elena le vendrá bien mi compañía, ella ha estado muy mal, ha pasado por tantas cosas... pobre Elena, a veces me da lástima. El único inconveniente es que tendremos que compartir mi cama, ella quería dormir en el piso para no molestarme pero no lo permití, si en algo me molestara no le hubiera dicho que viniera a vivir conmigo. Ahora está durmiendo porque tiene que levantarse temprano para trabajar. Siento pena por Elena, ella no ha querido contarme muchas cosas pero sé que no está nada bien, ojalá mi compañía la ayude en algo.

Elena sube a la mountain bike, coloca los audífonos en sus orejas y le sonríe a la Elena que está parada en la puerta: "no te preocupes, regreso rápido". La otra hace una mueca: "deberíamos comer y luego te acompaño". "No seas boba, Elena, voy rápido y regreso". Elena enciende la walkman, da un pedalazo y la bicicleta se desliza por la rampita que sale a la calle. La otra Elena le grita algo pero ella no escucha, en sus oídos está la voz de un hombre vociferando: *hubo un tiempo que fui hermoso y fui libre de verdad, guardaba todos mis sueños en castillos de cristal…*". Elena canturrea mientras frena un poco para doblar en la esquina. Elena dueña de la noche, reina de la calle desierta, porque hay una hora en la ciudad en que todo se detiene, hay una hora en que el país se inmoviliza y es el tiempo de salir a andar la noche despoblada y Elena haciendo zigzag en medio de la calle mientras los demás se encierran en sus casas para ver la telenovela.

Septiembre 21

Estoy muerta de cansancio. Ahora hay calma y puedo escribir. Hoy ha sido un día loco. Por la mañana vino un tipo que traía carta de mis padres, tremenda sorpresa, mandaron dinero y menos mal porque yo ya estaba en crisis. Fui al mercado a comprar cosas para hacer una buena comida para cuando Elena llegara del trabajo, la comida de bienvenida que le debo. Hice un arroz relleno con pollo que sin falta de modestia estaba estelar, lo único malo fue que no conseguí mantequilla y la margarina no es igual, es un pequeño detalle pero no es igual. También hice una panetela de chocolate exquisita. Tremenda sorpresa para Elena cuando llegó, dice que yo debería abrir una paladar o dedicarme a vender panetelas para la calle porque cocino muy bien, no sería mala idea, si aquí las cosas no fueran tan difíciles podría dedicarme a eso, la cocina siempre me ha gustado, pero soy demasiado vaga para esclavizarme de esa forma, y puedo sobrevivir con lo que mandan mamá y papá alguna que otra vez. Cuando pusimos la mesa llegaron Ernesto y Alexander a traerme un libro, los invitamos a comer por supuesto, me gusta invitar a la gente siempre que puedo, ojalá y pudiera todos los días. Ernesto salió y con el dinero que le di compró una botella de ron, yo no bebo mucho pero era una ocasión especial. Elena me sorprendió, no quiso beber en toda la noche, dice que ya no bebe más y es mejor así, creo que si hubiera seguido como estaba iba a terminar ingresada en una clínica para alcohólicos, pobre Elena, sentía tanta pena por ella cuando se me aparecía en casa de noche, borracha y llorando. Ojalá y sea cierto que no va a beber más, yo tomé dos traguitos y enseguida me entró un mareíto de esos que me entran. Todos elogiaron mi comida, pusimos música y de tan contenta que estaba me puse a bailar, Elena se veía muy animada. Ernesto dijo que definitivamente debería poner una paladar en casa y entonces agarró un papel y se puso a diseñar carteles de propaganda, "Elena's S.A.", "Elena & Elena", "Elena's House". Fue divertido y pienso que mi amiga la pasó bien. Cuando se fueron los otros nos quedamos un rato conversando. Elena tiene que rehacer su vida, empezar de cero, ese hombre le hizo mucho daño. A veces pienso que el matrimonio no tiene sentido, veo a las parejas cómo pelean y se ofenden, eso no puede ser el amor y si es eso, entonces yo no lo quiero, aunque Elena dice que ella sí, que si le ha salido mal hasta ahora no tiene por qué ser siempre así, a veces no entiendo a Elena, dice que es su sino, su estrella, que desde que nació estuvo condenada al naufragio pero aun así vuelve a intentarlo, es fuerte Elena, después de una historia como la suya yo lo menos que quisiera es tropezarme con un hombre, menos aquí donde todos son tan machistas y poco delicados. Parece que el sol hace al macho, horror de latinos aferrados a sus genitales. Por fortuna ya mi amiga salió de la vorágine.

Elena da un corte para esquivar al gato que atraviesa la calle velozmente. El viento da en su cara y ella ríe y canta: "*te encontraré una mañana dentro de mi habitación y prepararás la cama para dos tururú tururú tururu...*". Elena pedalea fuerte y atrás van quedando las casas, todo siempre queda atrás, atrás su infancia en compañía de la abuela en una lejana provincia de su geografía, atrás la madre recogiendo las maletas para partir con aquel hombre que Elena vio una o dos veces, ¿qué importa?, lo que importaba era su madre dándole un beso y prometiendo que en las vacaciones la llevaría a su nueva casa en Matanzas y podrían ir a Varadero y Varadero luego convertido en postales de felicitación por el cumpleaños mientras Elena crecía huérfana y con odio, el mismo odio que descubrió su madre, años más tarde, cuando regresó a casa arrepentida, llena de lágrimas, y aquella adolescente totalmente desenfadada declaraba que entre ellas dos lo único en común sería el techo, como los techos de las casas que iban quedando atrás.

Septiembre 24

Verde que te quiero verde. Estamos arreglando el jardín, este fin de semana la pasamos embarradas de tierra hasta la médula. Ayer por la noche salimos a recorrer el barrio y nos robamos un montón de planticas de las casas de la corporación. Tremendo susto porque en una de ésas nos sorprendió el CVP y tuvimos que salir corriendo con las jabas llenas de matas. Hoy nos dedicamos a plantarlas. Le di mi bicicleta a Elena para que la use, como yo apenas salgo no me hace falta y ella sí la necesita para ir al trabajo, pasó la mañana limpiándola y arreglando los ponches que tenía mientras yo removía tierra. El jardín marcha ok, yo verdaderamente lo tenía muy aban-

donado, pero ahora somos dos y nos podemos
ayudar, creo que "si el trabajo hace al hombre"
de ésta me vuelvo marimacho y Elena tiene
unas energías que asustan. Me gusta que esté
aquí, hace mucho que vivo sola, desde que
mamá y papá se fueron del país, y vivir sola
es bueno pero a veces una se cansa, se vuelve
huraña, yo qué sé, como no me gusta salir
me paso la vida aquí viendo televisión y leyendo,
como un caracol en su concha o una rana en
su charca. Y si no me gusta salir es porque
me aturden las personas, no sé, a veces voy
a una fiesta y los demás se divierten pero a
mí me parece todo tan absurdo, sentirse sola
en medio del tumulto, como estar desnuda en
medio de una manifestación, es horrible, por
eso prefiero quedarme en casa y que los demás, los pocos amigos que tengo, vengan a
visitarme. Pero ahora es distinto, Elena está
aquí y ella también está muy sola. La soledad
de una mujer es como un castillo lleno de la-
berintos y cubierto de velos de colores, algo
así, Elena y yo alcanzamos la misma puerta
transitando por corredores diferentes, me hace gracia, somos muy distintas pero siempre
hemos tenido tanta coincidencia, porque el
problema siempre está en la coincidencia, en

que las cosas converjan en el mismo punto. Elena es como la hermana que nunca tuve, la cómplice, la madre que te da los buenos días, algo así, yo qué sé. Hoy estábamos en el jardín y dije que lo único que nos faltaba era enamorarnos, pero ambas coincidimos en que nos gustan los hombres, esos seres llenos de pelos y evidencias, ja, ja, aunque por el momento Elena dice que quiere tomarse un respiro, quiere estar sola. La soledad es un antídoto contra el infortunio, ¿o una consecuencia?, yo qué sé...

Elena se pasa la mano por la frente apartando unos mechones de pelo que le caen encima de los ojos, en sus oídos el hombre susurra: "*y el fantasma tuyo sobre todo cuando ya me empiece a quedar solo...*". Y a su mente llegan las imágenes del último viaje a casa, la premura por encontrar el rostro de la abuela. Un día horrible. El mismo día en que ella decidió que ya nada tenía que hacer allí y anunció a su madre que no volvería, que cuando acabara la universidad se quedaría en La Habana porque Cuba es La Habana y lo demás es paisaje, como dicen. La vida en el campo es demasiado limitada para un corazón aventurero y ya nada la ataba a su origen, por eso no volvió, ni en las vacaciones del último año volvió, quemó las naves e izó su bandera en la ciudad.

Septiembre 29

Menos mal que ya Elena se quedó dormida. Tuvimos una noche fatal. Vino Laura a visitarme y trajo al niño, un niño precioso de dos años. Elena pasó todo el tiempo jugando con él, cuando se fueron se sentó a fumar en el jardín y de repente rompió a llorar, me asusté mucho porque mientras más le preguntaba más lloraba y yo no sabía qué hacer, le llevé un vaso de agua y logré que se calmara un poco, entonces me contó. Yo no sabía nada, ella nunca antes quiso hablar de eso. Dice que estuvo embarazada y hablaba sonriendo entre lágrimas, nunca he salido embarazada, pero dice Elena que es fantástico. Ella deseaba tanto tener ese hijo, aún lo desea, necesita ser madre, eso me asusta. A veces la mujer asume la maternidad en sustitución de un algo ausente, un becerro a donde asirse en medio de tanta soledad, la última o única alternativa posible que nos salve del destierro, eso me asusta, pero dice Elena que no, que llega el tiempo en que la mujer necesita completar su esencia, es involuntario, estamos hechas como recintos engendradores de vida, qué suerte tan azul y Elena tuvo vida en su vientre, sintió un corazón latiendo y fue feliz, sólo que no todo el mundo entiende la magia de la creación, y ese hombre odioso... me dio tanta tristeza verla así y yo sin poder hacer nada con tanto desconsuelo. Hay cosas que los hombres nunca van a entender aunque se lo propongan, su naturaleza es distinta. Me imagino qué habrá sentido Elena, cuánta impotencia y cuánto querer golpearse la cabeza contra las paredes, es como si te pusieran una venda en los ojos y de repente el mundo es negro, se te acabaron los colores, como cuando a un niño se le revienta un globo en la cara y plum, ya no está, de repente todo desaparece. Dice Elena que al final una acaba auto convenciéndose y aceptando la realidad fríamente, que bajo ciertas condiciones de vida hay sueños que quedan prohibidos, pero no le creo, no, Elena, en esto no te creo, dice un dicho popular que la cabra siempre tira para el monte, es su naturaleza y si, como tú dices, la nuestra es procrear, vamos a hacerlo aunque todas las flechas de la lógica indiquen hacia el NO y todas las razones obvias se envuelvan en un cartucho y traten de engullirse por tu boca. No, Elena, no te creo. Sus lágrimas no eran de tristeza sino de rabia... si en aquel momento me hubiera contado quizás pudiéramos haber hecho algo y ahora esa personita pequeña dormiría junto a nosotras, pero Elena no dijo nada, como no quiso contarme hoy lo del ribanol, dicen que hay que parirlo, que matan a un niño completamente formado y luego hay que parirlo, debe ser horrible, por eso Elena no quiso contarme, es mejor así, el que no sabe no siente, suerte del ignorante, por eso los hombres a veces no se dan cuenta de que una simple palabra puede salvar el mundo o erigir el fin.

Elena pedalea mientras el sudor corre por su espalda, es cálida la noche como todas las noches del Caribe. Se seca el sudor de la cara y sonríe antes de que comience la próxima canción que sabe va a sonar en un instante, aquélla que Hugo tanto le cantaba, ahí está: *"quizás porque no soy un buen poeta puedo pedirte que te quedes quieta hasta que yo termine estas palabras..."*. Todas las historias de amor tienen una canción de celestina. Hugo la cantaba todo el tiempo. Elena piensa en lo increíble que es la transmutación de las personas, cómo un ser que amas puede devenir en un ser que rechazas. Y es que todos los comienzos tienen algo de alucinación y encanto, tantear sobre lo desconocido seduce y ahí está el milagro. Elena desnuda en una ciudad ajena y Hugo invitándola a pasar el fin de semana en su casa, lejos de la beca y la mala comida. Elena descubriendo y descubriéndose, abriéndole las piernas a una noche de alcohol con un hombre haciendo círculos de saliva sobre su espalda, un hombre tan distinto a todos los muchachos de la universidad, tan diferente a sus anteriores novios, "*quizás porque no soy nada de eso es que estás aquí en mi lecho...*". Elena se echa a reír y respira una noche de paz en bicicleta mientras pedalea contra el viento que no impide su sudor.

Octubre 2

Mierda, mierda y mierda, si no escribo ahora creo que reviento. Qué difícil se hace habitar esta ciudad, es que lo más simple, coño, lo más elemental se vuelve de pronto un acertijo. Hoy he deseado con todas las fuerzas ser hombre, con todas las ganas no tener útero ni ovarios ni nada de allá adentro. Me desperté con un dolor de ovarios de esos que te mueres, dice un amigo médico que lo que duele es el útero, qué sabrá él y qué mierda me importa el nombre de lo que duele. Es un infierno de la cintura para abajo, como un descenso que te va anulando, como si estuviera colgando de un tragante aferrada al borde mientras el torrente de agua trata de arrastrarme. Me puse una almohada apretándome el vientre y de tanto quejarme Elena se despertó, pero por más que buscó en casa no tengo ni aspirinas ni duralginas ni nada, no tengo nada y luego que no tenía ni qué ponerme, en la farmacia las últimas íntimas que vinieron fue hace cuatro meses, coño, se ve que el ministro de salud pública no es mujer. Le di unos dólares a Elena para que fuera a la tienda a comprarme algo pero tengo que esperar a que ella regrese del trabajo y mientras tanto trapos, como las abuelas, trapos, a usar trapos como una indigente, en la potencia médica mundial las mujeres usamos trapos cuando menstruamos porque no se enteran de que todos los meses la mujer quiera o no quiera pasa por un breve período que se llama menstruación, coño, qué ganas de que me llegue la menopausia. Me da tanta rabia gastar en esto los pocos dólares que tengo, como si fuera un lujo, mierda, no es ningún lujo, es una necesidad, estoy rabiosa, si ahora mismo vienen a preguntarme digo que sí, que quiero irme del país, no me importa la política ni me importa nada, lo que no soporto es tener que usar trapos como mi abuela hace un montón de años atrás, qué rabia... cálmate, Elenita, cálmate, hay cosas peores que esto, cálmate, seguro cuando Elena regrese trae algo, calma, calma, mujer, calma, es mentira, no quiero ser un hombre ni tener la menopausia ni irme del país, sólo quiero que se me quite el dolorcito, sólo eso, y dejar estos absurdos trapos que me dan asco, pero cálmate, Elenita, cálmate, no te ahogues en un vaso de agua, hay quien está peor que tú, qué consuelo...

Elena da un brinco cuando atraviesa el bache que no pudo esquivar porque la calle está oscura. Un buen bache, piensa. Todo está lleno de baches. ¿Sería Hugo uno más?, no le parece. Hugo se ha convertido en un agujero negro, simplemente eso, y afortunadamente ella logró escapar del laberinto. Ahora está bien, viviendo en paz en casa de su amiga, lejos de aquellos días en que Hugo empezó a cambiar, ¿o será que siempre fue así?, nadie cambia de repente, el amor es a veces un antifaz sin huecos en los ojos, como decía su abuela, "en principio es el amor y luego viene la costumbre". Y Elena se acostumbró a ese hombre, porque era bueno pasar todo el tiempo haciendo el amor entre sábanas sucias y botellas vacías, se acostumbró a fregar los platos que Hugo acumulaba, a regresar tarde en la noche, borrachos los dos y ella casi arrastrándolo entre besos y risas, él rumiaba y la insultaba mientras Elena le quitaba los zapatos antes de llevarlo a la cama para luego limpiar su vómito en la puerta, pero el amor lo perdona todo, el amor hace de la mierda poesía y Elena no se detuvo a ver si la espada se alzaba sobre su cabeza porque era feliz, ciertamente era plena y feliz y un instante de vida merece todos los riesgos.

Octubre 6

¿Qué importa la luz?, hace unos minutos se fue y no sé cuándo volverá, ¿pero qué importa verdaderamente? Estoy delante de un farol, no es una vela, ni siquiera un candelabro, y escribo, no con una pluma que debo entintar, sino con un bolígrafo que dentro de poco perderá la tinta y habrá que tirar. Hoy ha sido un día de pocas ganas, un día insulso, falto de colores, cuántas horas de respiración perdidas, algo sucede cuando no sucede nada...

Hoy en la mañana Elena me dijo que iría a casa de Hugo, aún le quedan cosas por recoger. Regresó muy tarde, se bañó y dijo que iría a dar una vuelta por la playa, pregunté pero me esquivó diciendo que hablaríamos luego. ¿Qué le pasará a Elena?, a veces pienso que si ella no estuviera aquí apenas escribiría en mi diario, no sé, es que no tengo motivos y esta ausencia de motivos me hace gris. Elena en dos tiempos, una la luz y otra la sombra, siento que transmuto, como si de tanto mirarme en el espejo mi rostro se metamorfoseara y no soy yo, soy ella... antes de Elena mis amigos no pasaban tanto por aquí, ahora pasan un rato, nos saludan, pero no soy yo, es ella... yo soy la que escribe en su diario a la luz del farol pero a ratos abrigo percepciones ajenas, no soy yo, soy ella... Elena comienza a hablar y siento que Hugo me empuja para lanzarme a la cama, escucho sus gritos, las palabras que escupe con su hálito de alcohol y nicotina y lloro sin que ella lo descubra, lloro cuando se queda dormida porque Hugo me llama puta, "eres una puta de mierda, Elena", y no soy yo, es ella, pero no es ella, es él. Hugo me sorprende –Elena- estudiando en casa con un amigo de la universidad y de repente nos echa a los dos, a mí me llama "puta ordinaria" y a él se le tira encima para golpearlo, sólo que él no está borracho como Hugo que cae al piso y Elena –yo- salgo corriendo, pido disculpas al amigo y me voy a casa de mi amiga Elena a llorar, ella me hace un té y pregunta por qué. ¿Por qué aguantas tanto, Elena?, ¿cómo se puede aguantar tanto?, y Elena se limpia los mocos con la punta de la saya y se echa a correr, dice que no tiene a dónde ir, que al final no es más que una palestina en busca de la tierra que no le prometieron nunca y va a meterse en la cama del hombre que ronca sudando y lo abraza, lo besa, le dice que lo quiere y acaban apretados, llorando y arran-cándose las ropas como un soldado que en-cuentra a una moribunda en medio del campo de batalla, la hace su hembra, luego le da las gracias y le pega un tiro. Dice Elena que no trate de entenderla porque ella misma no entiende y sé que es por eso que hoy fue a la playa y no va a querer hablar, pero necesito que me hable porque si a ella no le importa, yo sí necesito entender, necesito saber los porqué de tantas cosas y en el fondo pienso que está enamorada aunque jure lo contrario, no sé, ¿cómo abrirse de piernas por un simple dedo húmedo?, ¿será que eso es el amor?, y yo qué sé, yo soy la imagen del espejo que aún no se ha transfigurado y no soy tú, soy yo, soy yo, soy yo, la del farol y la luz que no acaba de llegar... habría que replanteárselo todo nuevamente, desde la manzana y la costilla, la asumida costilla que no logro comprender.

Elena se cruza con otra bicicleta, un hombre que lleva a un niño en uno de esos asienticos-anexos inventados para bicicletas de producción china. El botón de la walkman salta y ella cambia la cara del casete, se echa el pelo hacia atrás y continúa pedaleando. Una vez quiso ser madre, una vez y dos y tres, pero una vez quiso ser madre y "no jodas Elena, en este país se pasa mucho trabajo como para estar pensando en hijos", pero Elena estaba embarazada, y "¿te volviste loca, o qué?, esto es lo último que me faltaba...", sin embargo, Elena necesitaba un hijo, estaba embarazada y "cállate y escúchame, yo ya tengo un hijo y no pienso tener otro, tengo que trabajar mucho para mantenernos a ti y a mí, así que sácate esa idea de la cabeza y el niño de la barriga", pero Elena quería ser madre y no fue al hospital como él le dijo, ella continuó acariciando su vientre y hablándole bajito a ese ser en su interior, esquivando las miradas inquisidoras del Hugo furioso, el Hugo enumerando razones, preguntando constantemente, blasfemando mientras echaba luz brillante al farol sin querer escuchar lo que ella murmuraba sentada en una esquina y "basta, Elena, me tienes harto, ¿me entiendes?, harto, estoy muy rejodío en este país y no pienso rejoderme más, coño, así que si quieres tener un hijo te largas, tú y el niño se largan para casa de tu madre, para la beca, para donde te dé la gana, pero en mi casa, en mi casa, no quiero oír hablar más de niños, ¿me escuchaste, Elena?, haz lo que te dé la gana". Elena se pasa los dedos por los ojos y pedalea más fuerte, ve a Hugo buscándola en la beca con un ramo de flores y los ojos llorosos, pidiéndole que vuelva y Elena calando el nudo en su garganta, agujereándolo despacio hasta alcanzar su interior deshabitado y sucio, "tenías razón, Hugo, es una locura pensar en hijos con el trabajo que se pasa en este país, vamos por mis cosas...".

Octubre 16

Hola, diario, ¿me extrañaste?, pues ya estoy de vuelta. Ha sido la locura. Ernesto se apareció hace unos días y nos dijo que tenía una casa en la playa y que Elena's S.A. eran las invitadas especiales. Elena al principio no quería ir pero la convencimos y pidió unas vacaciones en el trabajo. La pasamos fenómeno, el mar ok, Cuba es un eterno verano. Las noches divertidas y Elena quedándose hasta tarde para conversar con Ernesto, ya me parecían un poco sospechosas las constantes visitas de mi amigo para "saludarnos". Ojalá tuvieran un romance para ver si Elena se olvida definitivamente del "hombre de las cavernas". Dentro de tres días cumple un mes aquí y dice Ernesto que hay que celebrarlo, que nos vamos de parranda, yo no sé si vaya con ellos, prefiero que Elena salga y se divierta. ¡Ah!, olvidaba, el jardín está precioso, gracias, Elena.

Elena se aburre de pedalear pero por fortuna falta poco y existe la música en sus oídos: "*el sueño de un sol y de un mar y una vida pe-*

*ligrosa cambiando lo amargo por miel y la gris
ciudad por rosas...*". Elena se pregunta por qué
ese obstinado empeño de las personas en no
aceptar lo que fenece, el punto de partida nunca
será el punto de regreso por más de una razón.
Pero todos tenemos cualidades histriónicas
escondidas en las venas, listas para aflorar
con un simple chasquido de los dedos. Elena
se pregunta si existirá algo entre el amor y
el odio, si un abismo insalvable o una secreta
y húmeda complicidad. Volver a Hugo y a la
mierda que se acepta con la resignación del
condenado, al sexo-sustituto, alter ego de cualquier cosa. Elena se echa a reír y tiene que
dar un corte brusco para esquivar la bicicleta
con los dos muchachos que dobla repentinamente en la esquina. Se tambalea un poco,
pero continúa pedaleando fuerte, más fuerte
aún para llegar pronto.

Octubre 21

sss, escucha el silencio, ¿no lo sientes?,
¿y el ruido de las cucarachas?, crack, crack,
están haciendo la fiesta en la cocina y no saben
que aún estoy despierta, no debo hacer bulla
ni por ellas ni por Elena que duerme. Elena
me tiene preocupada. No sé cómo el "maldito"

averiguó mi teléfono, el asunto es que hace días está llamando, antes de ayer se puso bravo porque preguntó por Elena y le dije que era yo, yo también soy Elena, imbécil, dijo que no era conmigo con quien quería hablar y colgó. Ella no dice nada, en las noches cuando suena el teléfono se queda sentada, contesto y si siento que cuelgan entonces sé que es él. La está buscando, ¿y ella? El día de su cumplemés en casa salió con Ernesto, regresaron súper borrachos los dos. Elena borracha como en sus buenos tiempos, ¿qué te pasa, Elena?, ¿por qué no me hablas?, ¿por qué se queda callada? y yo imagino un infierno en su interior, lo percibo, me despierto deprimida como ella y paso el día incómoda y cabizbaja. Si pudiera me iría a donde Hugo y lo mandaría a la mierda, pudiera hasta matarlo, sí, matarlo para que la deje en paz pero yo no soy la Elena que tú buscas, ¿y qué puedo hacer por ti, Elena, qué puedo hacer por ti?

Elena siente que el sudor le corre por todo el cuerpo, tiene la garganta reseca de tanto pedalear pero continúa, sube el volumen de la walkman y "*hojas secas que caen siempre igual...*". Hugo iracundo lanzando un cartón

de huevos contra el piso mientras ella grita
irónica "sí, ya trabajo, ya gano mi dinero, pero
me quedo aquí porque me da la gana", entonces
siente como él la agarra por los hombros cla-
vándole los dedos con fuerza e implorando
entre dientes, "cállate ya", pero Elena no se
calla, le escupe la cara con rabia y no le importa la bofetada que recibe a cambio, no le
importa bambolearse un poco ni que su mejilla se sonroje, ella se incorpora y antes de que
Hugo pueda decir algo le devuelve el bofetón
con tanto aliento que sorprende a ambos.

Octubre 23

Hoy cuando estábamos cocinando sonó el
teléfono, fui a descolgar, pero Elena me detuvo,
me miró y retiré la mano. Era Hugo, por supuesto.
Hablaron poco, o mejor, no hablaron nada,
ella sólo dijo "¿Oigo?... sí... voy para allá".
Colgó y se recostó a la cocina, yo seguí callada
picando las cebollas, entonces me dijo: "tengo
que ir, Elena". No comenté nada y ella repitió
como para sí misma "tengo que ir". Sentí que
los ojos me ardían por la cebolla y levanté la
vista. Elena me estaba mirando, pregunté du-
dosa si quería que la acompañara y sonrió,
negando con la cabeza. Entonces dijo algo que

me tiene preocupada, hace rato que se fue, la comida ya está tiesa y yo perdí el hambre. Elena me tomó la mano mirándome seria y afirmó: "hoy es el fin de la historia, Elena, te lo juro". No sé qué quiso decir, sólo que no me acuesto hasta que regrese.

Elena se aferra al timón y ya no sabe si el gusto a sal que llega a su boca es el sudor o las lágrimas, no sabe y no le importa, hay un pozo y un péndulo, ¿no es así, señor Edgar?, ¿qué prefieres, Hugo?, ¿cuál muerte prefieres?, ¿el pozo?, ¿o el péndulo? De cualquier forma vas a morir, por amor vas a morir, entre el amor y la muerte no existe nada. Hugo mordiéndole la espalda empapada en sudor y repitiendo entre dientes "tienes que irte de aquí, Elena, yo no quiero verte más, pero te amo". Y Elena, que aprieta los dientes, siente entonces un fuerte dolor en su espalda empapada en sudor, pero un dolor que es real y no es Hugo en su pensamiento, no es la voz en sus oídos, es la música en sus oídos sonando alto para que ella no escuchara cómo la bicicleta con los dos muchachos doblaba nuevamente en la esquina, esta vez a sus espaldas, para golpear-la. Elena cae de la mountain bike y siente cómo bruscamente la música se aparta de sus oídos y alguien tira con violencia de su cinto arrancándole la walkman. Aturdida levanta la cabeza y alcanza a cruzar la mirada con un rostro totalmente desconocido y asustado. Entonces escucha una voz desde la bicicleta, "te vio la cara, asere, esto se jodió", y advierte entre la nebulosa la mano que levanta el bate. Elena cierra los ojos y sonríe.

Noviembre 23

Hace un mes que no escribo. Hace un mes que me paro ante el espejo pero mi rostro sigue siendo el mismo. Hace un mes Elena salió de casa para no regresar nunca. Hugo no se cansa de acusarme a mí y a mi maldita bicicleta, sé que es él quien llama por teléfono, pero ya no contesto. Ahora soy la Elena que tú buscas, pero no es a mí, es a ella, y por más que lo intento el espejo no acaba de transfigurarse. Dice la policía que van a encontrarlos, qué más da. Hace días tengo una caja con las cosas de Elena por si la madre puede venir a buscarlas, Hugo no las quiere ni yo tampoco. Ernesto viene con frecuencia a visitarme, pero no es a mí, es a ella. Yo sigo preguntándome qué quiso decir con "hoy es el fin de la historia", por qué la encontraron por aquellos callejones oscuros tan distantes de casa de Hugo. No sé, Elena, ya no siento en ti, no trato de entenderte, porque me entiendo. Ahora soy Elena, soy tú y soy yo, la misma cosa, una Elena naufragando en este abismo de complicidades que separa a la Elena que se mira en el espejo y la Elena que el espejo me devuelve.

ÍNDICE